# でまちやなぎ

# 出町柳

小村聿——著

出町柳地圖
比叡山延暦寺
賀茂川
高野川
貴船神社
修学院駅
下鴨神社/糺之森
北大路通
金閣寺
鴨川三角洲
同志社大学
銀閣寺/哲學之道
今出川通
出町柳駅
京都御苑
京都大学
西大路通
烏丸通
東大路通
常寂光寺
鴨川
琵琶湖
天龍寺/竹林小徑
三条大橋
三条通

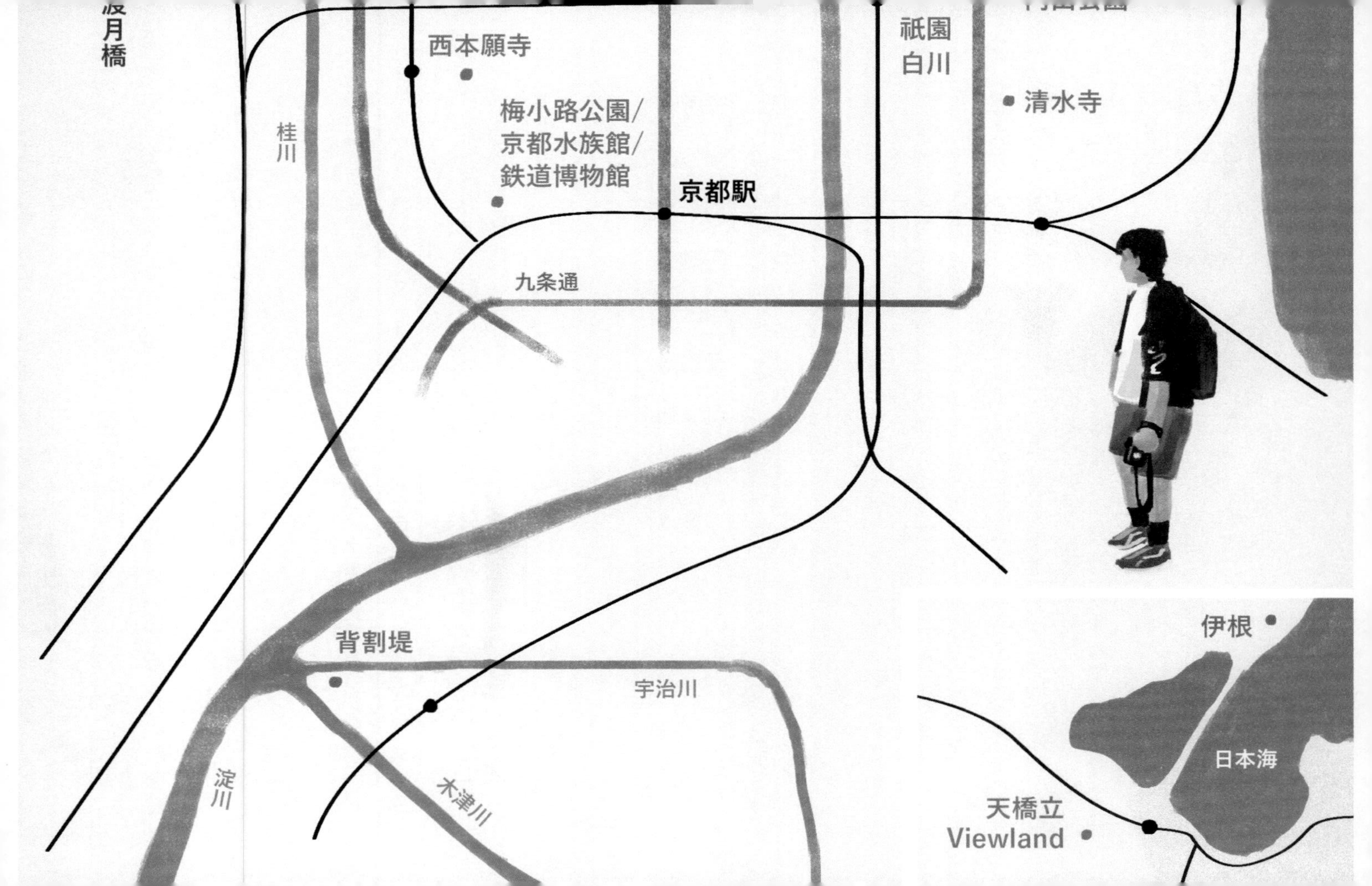

月
橋
西本願寺
梅小路公園/
京都水族館/
鉄道博物館
京都駅
桂川
九条通
祇園
白川
清水寺
背割堤
宇治川
淀川
木津川
伊根
日本海
天橋立
Viewland

# 目次

序章 006
清水寺 014
金銀閣 028
嵯峨野 040
比叡山 052
賀茂川 068
修學院 088
永觀堂 108

天橋立 126
糺之森 144
御手洗 168
梅小路 188
三角洲 210
尾聲 230

# 序章

只要能看到最純淨的雪景，其他也無所謂吧——搭環狀線的公車都不下車也行，吃遍京都的舒芙蕾鬆餅也行。只要能讓我開始忘掉就好。

在某個月黑風高的夜晚，我們一如往常在湖邊找了一個地方坐下，能感受到的只有偶一為之的風聲和彼此的鼻息；就算有行人，也只是自己走自己的，出現，然後又消失在視線中。我們總是先說話；直到無話可說，才終於對對方任性起來——似乎在夜裡，我們的關係才漸漸變成真的，化為實體；就像狼人一樣，不過是溫柔的狼人。

「我想要去遍每個季節的京都。」

「很難實現嗎？」

「也不是最近啦，應該說是這段時間以來。其實已經開始進行了。」

「你都有我了，竟然還會有什麼願望？」

「我最近有一個小小的願望。」

對京都的愛是從何而起呢？可能是從名偵探柯南，可能是從鐵道雜誌，小時候也曾經和家人去過一次，看著地圖上格局方正的街道和遍布四處的佛寺神社，就有種想去遍的衝動。後來看多了櫻花、楓葉的照片，更覺得既然要去，就該在最華美的時節去，於是在高中就埋下了要在大學翹課去日本賞櫻的夢，順利地在大學兼了家教，實現了第一回合。

「你太爽了吧！啊你不是才去賞櫻。」

「對啊，所以我其實是要跟你說，我下個禮拜……」

「欸！你！你又要去！」她果然生氣了起來。

「不是嘛，就，之前就買好機票啦。」

「哼，都是藉口！」

「真的是在和你告白之前啦！」

「不管——」她瞪大眼睛瞥了我一眼，然後轉到另一邊。

「欸——好好說話嘛！」

「你現在的意思是我都不好好說話嘛？」說完之後，她把整個身體移開，一副就是要賭氣賭到底的樣子。唉，真難搞。

「好啦，我會買東西送你啦。但是京都真的太美了，所有人去過一次，都會想再去第二次吧；你看，櫻花、楓葉、雪景、祭典，都無法割捨啊。」

「不管啦，反正你就是只愛玩，就把我晾在一旁啦。」

「哪有，都很重要！」

「你看，我就也沒比較重要嘛，不用再辯了！」

後來又費了很大的勁，才終於把她擺平。

那段時間真的發生了很多事，大大小小；回想起來還會覺得自己怎麼能過得那麼情侶啊，到底在幹嘛啊，怎麼會有那麼多心思去搞那些有的沒的——比禮教更會吃人的，就是盲目的愛情吧，那在夜裡才在心裡現身的狼人。雖說偶爾也有清醒的時候，但大部分都會湮沒在翻騰的愉悅裡，覺得無論如何都會一直這樣下去吧。可惜不然。

「終於到家了」年假時陪家人一起去了西班牙，所以沒辦法好好陪她；雖然一路一直被酸，但還是維持著一定程度的聯繫，不過已經能感覺到開始消逝的事實，只能故作鎮定的傳訊息給她。

「終於回來啦　還記得我啊」

「一直記得啊　時時刻刻惦記著」

「吼　反正都是說說嘛」到底說出來的有多真，有時候真的很難判斷。

「所以要見面嗎？趁寒假最後這幾天」我一直以為，如果是情侶的話，有心就會排除萬難見面才對。

「不了吧　我好懶　家裡好舒服」雖然這個套數以前也常用，但講一講還是能把她挖出來的。

「欸！好不容易有空耶」

「啊你不就很忙　去忙你的啊　沒關係」不知道從什麼時候開始，我們在messenger上的對話再也沒有貼圖了，只剩這些左避右閃的字句。

「不是有話要當面說嗎？現在就是留給你的時間啊」獲得了一個已讀以後，就沒消沒息了。

「好啊，我去忙我的」我心裡想著，然後去查了日本氣象廳的天氣預報。三天後的京都，零下二度，降雪機率90％。京都四季的小願望，最難以捉摸的就是冬天，因為那邊其實不太會下雪；但如果沒有雪景可看，冬天就只剩蒼涼冷寂而已，草木乾枯，氣氛蕭索，只是去冷自己而已。既然這回不要我，那我就去實現我的小願望，反正也跟她說過了。

「欸　又想去京都耶」我問了前兩趟都有跟我去的旅伴。

「你很瘋　什麼時候」果然還是有點興趣。

「三天後」

「？？？」

「想看雪　預報說會有」

「這太瘋了」

「人生就要這樣衝一次吧」雖然已經把人生衝得稜稜角角了。

「我就不了　你加油吧」

「欸　雪耶　不吸引人嗎」

「過年還是待在家吧」真是正當的理由。

自己大概也知道，該結束的大概就要結束了，其實是趁這個機會來個放逐之旅。還沒分手就先療傷，真是未雨綢繆。機票還在可負擔的範圍內，但也比平常千辛萬苦搶到的廉價航空促銷票貴了一倍多，可是這趟旅行無論如何都得啟程了。剩下來的時間，需要找個地方消耗殆盡。

「買機票啦　哈哈」還是有道義地通知了旅伴，看看他會不會回心轉意。

「你還真的要去！」

「你以為我說說喔」

「對啊　啊她哩　怎麼辦」很會抽絲剝繭嘛。

「不怎麼辦」

在這短短的三天時間，快速地爬過了眾多京都雪景攻略。「只有早上的第一個景點能看到最完美的雪景」——和賞櫻、賞楓能早出晚歸、塞滿景點的情況不同，雪景是會消逝的啊。不過心裡早就已經決定要從一樣的地方開始行程了，希望那邊不會辜負我的期待。

這次也是我第一次一個人旅行。以前旅行都是和朋友一起，雖然通常都是我規劃，但還是會參考一下大家的興趣。那兩次去京都，則是和同一個旅伴，完全由我主導，做遍瘋瘋癲癲的事情，譬如搭首班車到伏見稻荷大社，把大白天人滿為患的神社當成路邊土地公廟享受，抑或是在三度的夜裡騎腳踏車奔馳河畔，還嚷嚷著「不冷耶，感覺可以一直騎下去」。

一個人旅行，一切反倒困難了起來。自己想去什麼地方呢？想吃什麼呢？之前安排行程時，總是能用「大家會喜歡這個吧」的思路排出最佳化的行程；這次這招就不管用了，一切只要看我自己就可以了，其實也不容易。只要能看到最純淨的雪景，其他也無所謂吧——搭環狀線的公車都不下車也行，吃遍京都的舒芙蕾鬆餅也行。只要能讓我開始忘掉就好。

哪那麼容易。

# 清水寺

是在那個時候，我才開始能夠理解那種櫻花所帶來的狂喜——那是從街道的宣示開始，渲染到日常生活的遞嬗。這真實的無可辯駁，又美的無法忘卻，肯定會年復一年的期待著的。

買了半夜起飛的機票，想著一下飛機就能直奔最珍貴的「早上第一個景點」。降落在關西機場時，天空已透出微薄的深藍，事物逐漸在視線中分明。飛機並沒有接上空橋，一接觸空氣馬上就打了個哆嗦，真冷，不愧是北方的冬天。看這清澈的天空和乾冷的氣息，真的有下什麼雪嗎？不禁懷疑起自己。要是大老遠地來這邊，結果什麼也沒看到，那還真的是悽悽慘慘戚戚。

因為來過幾次了，所以動線也還算熟悉，一個人出門，動作就能很俐落，以很快的速度通過證照檢查，也不用等托運行李，直接來到海關，看起來是所有乘客裡最快的呢。

「一個人來嗎？」海關人員用有點彆腳的英文問我。一大清早工作就那麼認真啊。

「是。」

「行李只有這個背包嗎？」也沒什麼東西好帶啦，真遺憾。

「是。」於此同時，他摸了摸背包，把拉鍊拉開來隨便看看。真的能檢查出什麼嗎？令人懷疑。

「最近來過不少次喔。」他開始翻起我的護照。

「嗯，因為我很喜歡京都。」

「京都啊——是個好地方。ようこそ〔歡迎〕。」他在講出京都時，很自然地用了日文的感嘆助詞；就算對日本人來說，京都也是個意味深長的地方吧。

這個時間點實在太早，整座入境大廳空蕩蕩，所有櫃台也大門深鎖，只有清潔人員開著清掃車的聲音迴盪在挑高的建築裡，刷刷地東奔西走，準備迎接一整天人潮的糟蹋。自己就像搶先踏入了這個異域，提前破壞了對外開放前最後的安寧。

從航廈到車站的連通道也在室外，遮雨棚完全抵擋不住寒意。其實仔細去感受那乾冷的話，好像並沒有想像中那麼苛刻；不會冷到入骨，依然能感覺到體內的溫暖發揮作用，在皮膚的表層與寒氣對抗著。首先先到室內的窗口買了周遊券，才能高枕無憂地來來去去，隨天候決定行程；室內的暖氣非常強，又不可能隨時穿脫，是個遲早會感冒的溫差。一個人出來玩又感冒的話，就真的是慘上加慘了。

因為時間太早，電車上除了寥寥無幾的上班族（大概是值完夜班了），並沒有其他乘客，看起來我就是整節車廂唯一一個遊客；再加上其實我也是輕裝出行，所以根本沒有離開機場的感覺，好像只是經過住宅區的通勤路線。

每次搭關西機場線都會很期待通過海上聯絡橋，電車乘著風穿過中空的鐵橋，各種聲響傳入車內，在安靜的車廂內更加明顯。過了大橋，還是完全看不見一點雪的痕跡，太陽正從東邊的地平線升起，天空清澈透明。雪呢？不至於真的一場空吧。

搭紅眼班機畢竟是無法睡好的，之後的路程就是睡睡醒醒，真正的通勤族們總是可以在車廂裡找出新的縫隙。已經無法再對雪有什麼期待了，不如闔上眼好好休息吧。在轉車的車站吃了一碗烏龍麵暖胃，終於消去了一路長夜帶來的乾癟的飢餓感。

這次從大阪到京都，是選搭開往出町柳的京阪電車，路線大抵是沿著淀川溯游而上。說也奇怪，就在風景從住宅區開始變成農田的時候，薄薄的殘雪就這樣一片一片地鋪在田野；看了一下停靠站，果然已經進到京都府的範圍。原來大阪和京都的差別，不只在於俗氣，還在於天氣嗎？

看到雪之後，完全又回復了對雪景的期待與興奮。到底等一下會長怎樣呢？畢竟是來自南方的熱帶俗，不知道到底什麼才算是真正的飄雪和積雪啊。電車在進到市區之前就鑽入地下，下一次再看到街道，才算真正走入雪景，心態也完全不同了。

步出車站出口，冷冽的寒氣與溫煦的日光同時撲上來；雖然是整座城市最熱鬧的地方，也能在四條大橋上找到開闊的視野。鴨川河畔的草皮覆蓋著一層薄雪，屋頂上的積雪在日光照射下晶瑩剔透，遠處的郊山則一片雪白。走在人行道上，積雪大部分已經被清到一旁，但隨手一抓，還是可以和空氣打起雪仗；每每走過屋簷，都能看見末梢冰晶不斷降下水珠，一粒一粒擊中地面，發出響亮的聲音。

我興奮地開始拍起照片，卻不知道該不該傳給她。該隱瞞到底呢？還是裝成沒什麼的輕描淡寫呢？不論哪個都讓人有點不舒服。於是決定先傳給旅伴，炫耀一番：「真的很美　讓你先看看」，發出了這樣的訊息給他。然後再回到與她的對話框，盯著那個已讀看；留給你的時間你不要，那就留給我自己吧。

我往市區公車站走去，準備前往我決定每一個季節都第一個造訪的地方；雖說京都四個季節都讓人神魂顛倒，但真的能在每個季節都脫穎而出的地方，大概也就只有清水寺了。如果是積雪的冬天，更再值得不過了。

第一次來京都賞櫻時，清水寺就是旅程的第一個景點，完全沒有一絲落空；原本其實只期待著櫻花的華美，後來才知道，賞櫻是一種氣息，讓人把迎接春天的歡愉做成一舉一動，時間和地方都輕快了起來。

不過冬天當然又不同了，坂道兩側的店家才正準備著開張，沒有之前第一次的擁擠人潮。一團一團的殘雪堆在店門邊，在邊緣化成消融的污泥。已經是第三次了，完全沒有想一路閒晃的念頭，直奔清水寺的山門。

「我中了。」去年春天時，我忙著認路，旅伴就悠哉地觀察路邊，突然出此感悟。

「什麼？」

「你看那邊。」有一對母子檔在車道另一側的人行道行進著。櫻花樹和電線桿相互糾纏，媽媽拉著小孩想要好好往前，但小孩似乎更流連當下，不斷喊著「為什麼——為什麼——」。

「真的很有感覺。原來這就是日常的櫻花。」原本以為櫻花只會出現在景點，但其實在每一個轉角都有可能突如其來。

「幸せ〔好幸福〕。」旅伴用日文再強調了一次，或許這樣就更能融入這邊一點了。

賞櫻其實沒有說起來那麼簡單。出發幾個星期前就得開始每天關注花況，開始體會日本人那種細膩的櫻花預測，每個景點照著花苞、準備開花、一輪開花、接近滿開、滿開、櫻吹雪的順序預報，有些景點還會詳細到開花幾成。該去哪裡賞櫻也不用再另外花力氣研究，看這些網頁都報了哪些地方就好。

不過這種預測雖說有安全感，其實也是挺自虐的行為。看著自己想去的地方總是停在花苞，預測開花的日期不斷推遲，就會有種「到底還要不要去這呢」的失落感——還沒出發就已經感到失落，果然是一個沒有距離的科技時代。就這樣慢慢整理出在京都的期間正好會開花的景點，才開始安排行程。

清水寺就是少數在看預測時雖然感到失落，也還是非去不可的地方；光是那個舞台的位置和氣場，就讓人想一探究竟，有沒有櫻花也不重要了。真的到了現場，不論從舞台上看下方，還是從側面看整面山坡的布局，都很有「登清水而小天下」的意境；櫻花雖然開得不多，枝枒和花瓣依然參差不齊，但因為是第一個景點，所以也無從比較。

清水寺位在小山丘上，走到山門時已經有點氣喘吁吁，但也代表穿過了狹窄的老街區，終於看見更廣闊的風景。山門和附近佛堂的積雪又更厚了，可以看見一整層紮實緻密的細雪疊在建築本體上，原先的朱紅和檀木被蓋得只剩隱密的線條，成為一個沒有顏色只有形體的世界。

清晨的寒顫已經逐漸消失了，一方面是漸漸習慣了這樣的溫度，一方面則是微弱但依舊刺眼的陽光正在生滾地加熱著大地。屋檐的冰晶繼續落下沉重的水滴，林間不時傳出積雪因枝條承受不住重量而灑落一地的聲響，此起彼落。終於懂了所謂「早上第一個景點」的珍貴；隨著融雪一發不可收拾，純淨的雪景就會這樣消失在微弱而散漫的溫熱了吧。

第二次到訪清水寺時是幾個月前的秋天。秉持著一下紅眼班機就直奔清水寺的精神，抵達時還是一片昏暗，天氣很不好，烏雲盤踞天空，視界朦朧未明。然而，因為是熱門的賞楓季，來參觀的人已經不少了，並不是那種可以獨享的幽靜；遊客果然是這世界最勤奮的一群人。入場之後要先通過一條風雨走廊，然後就是山上的本堂了，在右手邊山坳裡的楓林仍能清晰地浮現在腦海中，整片由上而下延伸。楓樹長得很高，近的只要在走廊邊，就能垂手可得，所以能把紅葉的形狀看得很清楚。這個時間實在不太對，不過以這種天氣來說，白天應該也是陰雨綿綿吧；一切都很模糊不清，更能在朦朧和整體色調裡感受到一點悲秋情懷。

然而現在在眼前的風景，卻完全出於意料之外。枯木與針葉木在眼前凌亂交錯，被雪白勾勒出枝幹和葉叢，印象中的鮮豔和動感被冷靜和純粹取而代之，遠處的三重塔以朱紅之姿從這片山林裡跳出來，成為畫面中唯一的色彩；儘管寂寥，卻更顯莊嚴。櫻花的艷麗、楓葉的冷肅都被拋到腦後——原來雪景不是為了看雪，而是顯現事物的原形；前兩次不曾注意到的三重塔，終於找回了它的位置。

從側面看本堂，屋頂依然積著一層厚厚的雪，觀察太陽照射的角度，大概才剛越出山的影子。僧侶正進行灑掃庭除的工作，一邊佈置佛壇和本堂。清水寺最有名的是清水舞台，用木頭架高撐起一大片從本堂往前延伸的空間，來到邊緣就能欣賞京都盆地的風景，對面的山頭已經只剩一點點殘雪。京都的天際線其實非常枯燥，但還是有著俗氣的傳說替這邊增添一點趣味。

「聽說在清水舞台上大喊出願望，願望就會實現喔。」我們第一次來賞櫻時，我跟旅伴分享了這個傳說。

「我聽說的版本是，還得在跳下去而且沒死的前提下。」

「竟然！那大概是我只把好的記起來，選擇性忽略那麼嚴苛的前提吧。」

「根本是要詛咒全世界的人願望都不會實現吧。」他有點戲謔地說著。

「原來清水寺是個那麼邪惡的地方。」

這回來，還能許什麼願呢？回想第一次來時的天真爛漫，就跟櫻花一樣華美而稍縱即逝啊……

「對了，想跟你說一個小秘密。」在一個吃完宵夜騎腳踏車載她回宿舍的夜晚，我輕輕地騎著，如此說著。

「什麼啊？」

「我下星期要去京都。」說出來時語氣有點畏畏縮縮，但因為已經盤算要這個時候講了，所以沒有扭捏太久。

「蛤？什麼意思？」

「就是字面上的意思啊。下星期要去京都。」這樣很難接下去，所以只好再重申一次，加強這句話字面上的確度。

「下星期不是要上課嗎？」

「放春假才去。」

「你也太好了吧！竟然是去京都！」沒想到她反應那麼大。

「這是我高中的夢想耶！大學偷溜去京都賞櫻。」

「對吼！現在是櫻花的季節！越講越令人生氣。」

「真不好意思。那你有想要什麼紀念品嗎？」好俗的問法喔，但還是得這樣。

「呃……」她沉默了一會，「櫻花的花瓣好了。」

「花瓣喔，不知道要怎麼保存？」我很認真地思考著這個問題。

「反正你就想辦法帶回來就對了。」

「好吧，那我試試。還要其他的嗎？」感覺花瓣不好收藏啊，希望能有一點其他能讓她記下這件事的事物。

「沒辦法思考耶，還是覺得太驚人了。」

「那你等下給我地址吧，我寄明信片給你。」我向來是不送人紀念品的，天知道別人喜歡什麼，所以都是寫明信片，趁機把一些平常不敢說的話一吐為快，有點像是酒後吐真言。

「好啊，帶一點櫻花的狂歡回來。」

還記得那時在清水寺，就一路惦記著要找到美麗的花瓣，但落在地面的都更像汙泥，又不好意思摘樹上的；後來在別的地方撿了很多，卻發現放個一兩天就會變得泛黃乾枯，真正的美麗果然是保存不了的。

「希望這種美麗也會發生在我們身上」，當時大概是許了這樣的願望。許完願望當然就得抽個籤詩，當時抽到的詩，前兩句是這樣的：

更望身前立
何期在晚成

在網路上查了中文解籤，說道：不能太著急於一直期待的事，慢慢地等待成功吧。至於各個細項的指示，我當下只看懂旅行上上吉，就興高采烈地綁在鐵架上，也不管到底該帶在身上還是留在那。後來發現是個不錯的籤啊，除了旅行，其他也都像是會有什麼好結果的樣子。果然幾個月後就真的來了，只是期限不定。

從本堂走到另一側的佛堂邊，才能看見最標準的清水舞台風景——真的是凌駕於世界的氣勢，整片雪白的屋頂讓佛堂變得更耀眼，和純淨的藍天一起凍結了時間、空間和光線。不論是春天還是秋天，櫻花和楓葉也終於不再喧賓奪主，在佛堂的鎮守下形成一種注定的美感：在這個時刻，這個場合，這些都必須以這樣的姿態出現於此，為了整座城市，為了季節遞嬗。

本堂的正下方有一座「音羽瀑布」，流出來的水就是清水寺字面上的「清水」。據說喝了可以實現願望——日本人真的很多願望想實現。我前兩次都有喝，不管是愛情、學問和長壽哪個出水口，都給他喝一口。長壽現在還看不出來；學問還行還行；至於愛情，看看啦，怨天尤人就不對了。

第一個景點的震撼就此告一段落，離開的路途會穿越的樹林仍被籠罩在陰影中，不時可以看見散雪應聲灑落，早一步或晚一步都有可能擊中自己。走著走著日光開始穿透樹林，把枝枒上結的冰晶照得絢麗奪目，儘管每個瞬間都讓人想駐足，但內心已經開始想要離開了；一個人的風景終究只是風景，所謂的留戀也只剩模糊的畫面和空洞的時間。

「玩得很爽嘛……太讓人嫉妒了！」春天那次回去之後，我們很快就見面了。我途中一直有傳照片給她看，畢竟是少數知道我偷溜出來的人。那一次，連我家人都不知道我去了京都。

「想去的話，你也可以去啊。」我並沒有把最想說的話說出來。

「啊花瓣呢？」

「我有幫你收，可是根本沒辦法保存，所以就沒有帶回來了。」

「居然！果然帶不回來啊……」

「你就等著收明信片吧。很美喔，精心挑選的。」

「好，我等著，看看是有多厲害。」

每次上來清水寺，都是走不同的路，但下山卻一定會特地繞去三年坂看看。途經的店家開始向每位遊客打招呼，賣著軟軟黏黏的和菓子生八橋，有一次試吃熱騰騰剛做好的，覺得驚為天人；然而，帶回家的伴手禮版本卻完全是不同感覺，只覺得甜膩癱軟，完全提不起勁，最後放到發霉。所以之後就都頭也不回地快速略過這些店家了。

第一次來時是賞櫻季，人潮洶湧，我和旅伴對逛紀念品沒興趣，就拐了個彎走人比較少的路，想先逃離大街的摩頂放踵。那是一條更窄、更陡的巷子，房舍依傍階梯而建，階梯的中段種了一棵枝垂櫻，長得相當標致，幾乎和房屋一樣高，籠罩著瓦片屋頂與石階，以一籠粉紅接起地面和天空。

所有人在看到這幕的當下，都毫不猶豫地拿起手機。雖然階梯上站滿拍照的人，但因為是由上而下，所以幾乎不會互相阻擋，視野也能保持開闊；每個人都能在其中佔有一席之地，靜靜地看上幾分鐘。這棵櫻花樹開得很盛，花瓣簇擁得完全掩蓋住枝條；當時的天空相當溫順，絲縷般的白雲與櫻花的粉紅連成一氣，一切近乎完美無瑕。

這風景迎面而來的瞬間讓我震撼得無法自拔，終於感受到自己真的身處櫻花季的京都。是在那個時候，我才開始能夠理解那種櫻花所帶來的狂喜——那是從街道的宣示開始，渲染到日常生活的遞嬗。這真實的無可辯駁，又美的無法忘卻，肯定會年復一年的期待著的。雖然那個當下，身邊的大概都是觀光客，卻能夠深深地意識到自己是在這個片刻的這座城市裡，沒有一絲抽離。照片拍著拍著，卻又直覺地停了下來——先把這些留在心中吧。

這次和秋天時一樣，整棵樹都是光枯的，但還是能讓人回想起春天的驕縱。枝幹上積了一點殘雪，陪襯兩旁的屋頂和屋簷，散發出冷靜清爽的氣息，好像特別適合京都。只差夏天了啊，不知道夏天又會是什麼樣子呢？

繼續走著走著，開始思考下一站要去哪。看街上房屋的積雪量，大概還可以再撐幾小時；如果要以雪景為目標的話，那就還是得去一睹「雪金閣」的風采了。這一帶算是京都保存舊貌最完好的地區，走去搭公車的路途也非常舒服，雖然無心特地研究途經景點的沿革，但也漸漸覺得自己能融入了，不論是氣溫或氣質。

# 金銀閣

不若金閣那麼閃閃發光，銀閣的建築本身是一棟再普通不過的木造建築，然而整個視線裡的所有事物，都是為了彼此而存在的。

往金閣寺的公車從祇園發車，幾乎是從京都的一角翻越到另一角。公車開車後，先經過京都最熱鬧的河原町，才沒停個幾站，車上就變得非常擁擠；看大家眉開眼笑的樣子，都像是要一起去賞雪。我窩在公車後段的角落，看著窗外風景從玻璃帷幕大樓慢慢變成平房；公車每站停靠卻都沒有人下車，想搭車的人自然也擠不上來，就這樣一路昏昏沉沉地到了目的地，和一大夥人一起下車，盲目地踏上朝聖之途。

一般來說，所謂一大早就該第一個去的「雪景色」，大概有兩派說法：清水寺和金閣寺。我因為前兩次都是第一個去清水寺，所以這次也毫不猶豫地選了清水寺；至於金閣寺，在其他季節都不是特別有看頭，而且金光閃閃的，實在有點俗氣，要不是為了雪景，可能來京都幾次都不會想特地過來。

金閣寺會得其名，是因為庭園中的那座金光喜氣的舍利殿；明明應該是平靜祥和的場所，卻因為在這出家的足利義滿大將軍太霸氣，直接用金箔貼滿整座佛寺最美的佛堂。不過，現在看到的金閣，其實是幾十年前重建的，所以金箔的光澤依然亮麗，完全不帶時間的痕跡。那場大火，讓金閣寺的美，又更上一層樓——「燒成灰燼之後，留在我心中的金閣寺，就會是最美的樣子了」。

在園內的人非常多，遠遠就能看到一大坨人圍著籬笆，把風景完全遮住。我往人群的邊緣走，終於佔到一個樹梢下的位置；雖然不是最標準的角度，但也能好好欣賞傳說中的雪金閣了。

果然跟照片上看到的不一樣啊。照片上的雪金閣是在一片銀白裡金光熠熠，在冷寂裡掙來存在的堅定；但現在在眼前的，只剩連屋瓦都覆蓋不全的稀薄的殘雪，庭中的松樹也早已雪融，回復成不合時宜的墨綠，再加上其他棵枯木和不完全的藍天——這絕對不是任何一個季節該出現的景象。

然而，那夥一起來朝聖的人，還是汲汲營營地圍繞在正確的角度捕捉這殘影；我沒辦法，就草率地直接往園內的其他地方前進。走幾步後，可以近距離仔細端詳金閣的質地，非常純粹，沒有一抹污痕，反照著微弱的日光。然而，這還是抵不過我心中雪金閣的破滅；既然是冬天的話，就來場雪崩把一切給淹沒吧。

「你騎車真的騎很快。」有一天在騎腳踏車載她回宿舍的路上，她這樣對我說。

「如果不是載你，就可以騎更快了。」

「你這是什麼意思，是嫌我很重嗎？」

「沒有啊，這是一個很客觀的事實。你又不是空氣。」

「吼！你在說什麼啊！」有趣，真的有趣。

「好啦，我要加速了喔。」

「還可以更快喔！」

「可以啊，還沒使到全力。」然後我一邊開始使勁地重踩腳踏車，慢慢達到齒輪的極限。

「啊——啊——這是彎道耶！」

「抓好。」

「啊——飛起來吧！朝向銀河鐵道的另一端前進吧！」

關於為什麼對她動心這種問題，我其實沒辦法真的提出什麼準確的答案；但如果要找一個有印象的事件作為標記，這應該就是最適合的。

秋天來時，也花了一天的時間在京都騎腳踏車，省去擠公車、走路的輪迴，體驗京都人胡亂停車、橫衝直撞的放肆。最有趣的是在斑馬線上過馬路時，雙向人車以神秘的默契形成梳子般的交錯，不偏不倚、井然有序地相互穿越。除此之外，日本人很守規矩的傳說完全不攻自破——在商店街「禁止騎行自行車」的告示牌前飛奔而去、在「請謹慎考慮在此停車」的警語前停得一塌糊塗；到底何時該守規矩，何時不用，每個人心裡似乎都有一把自己的尺。

「想她嗎？有要飛起來的感覺嗎？」我們經過鴨川的河堤，準備騎回租車店時，天色漸暗，對岸樓房漸漸點起燈。他在我們停下來等紅綠燈時，這樣問我。

「有點太冷了。」騎快一點，風就吹了起來，在十度的風中騎車，還是沒那麼舒服啊。

「是因為沒她吧。」

「沒錯，是你就沒辦法，只想衝進河裡。」

「哎呀，見色忘友的那麼理所當然喔。」

「天經地義啊。」

「太幸福了！退散！」路口突然淨空，然後轉為綠燈。

那次踩腳踏車，把京都市靠北邊的賞楓景點大概都走過一遍。非常遺憾地，我們似乎來得有點遲了；不過跟櫻花不同，楓葉不像櫻花那麼稍縱即逝，也沒辦法精準地用「開幾成」這種操作型定義去描述楓葉轉紅的情況。說起來整片紅葉也不是說特別吸引人，橙黃橘綠的交雜好像更展現了秋天變幻莫測的本質。

不過如果連紅葉都完全飄落土壤，那就沒什麼好說的了；與乾枯蕭索的冬天的距離，就是那最後一片葉子。我們去的幾個賞楓名勝，幾乎都是這樣，所以最後有印象的，幾乎都是騎車路上不小心經過的地方，像是一座在山丘上的神社的一棵挺拔的楓樹、公園裡積滿落葉的溜滑梯，以及銀閣寺附近的銀杏大道。

嗯，那接下來就去銀閣寺吧。之前來的那兩次，都沒有把這些最俗的景點放在心上，感覺很適合現在這個不三不四的時節。不過肚子好像也開始餓了，所以決定先順路去吃同志社大學的學生餐廳。

第一次來賞櫻時就發現這間學生餐廳了，正好在賞櫻勝地京都御苑旁邊，一出地鐵站就是窗明几淨的食堂，自然光透過落地窗照進整個空間，取餐區琳琅滿目的品項令人垂涎欲滴，最後再裝一杯冰涼的綠茶，享受著簡單美味的定食。京都不是很多美食的地方，上次來時旅伴還嚷嚷著要再吃一次，可惜我們都是周末待在京都，學生餐廳沒開。

如果不是為了賞櫻，可能根本不會踏進京都御苑一步，結果卻很讓人印象深刻。當時我們處在清水寺零零落落的櫻花的失落裡，尋覓著能再度燃燒起我們的熱情的地方；看了下櫻花開花實況，京都御苑已經達到「滿開」，所以雀屏中選，到了之後才終於懂得什麼是春天的歡騰。

「太幸福了吧，這裡。」我們穿過重重籬笆，來到園內的櫻花林。還沒真的踏進去，旅伴就如此感嘆道。

「非常。這就是櫻花季該有的樣子啊。」

「好好，好羨慕。」

這座櫻花林主要都是枝垂櫻，櫻花沿著向下彎曲的細枝垂垂蕤蕤，風一吹來便掀起擺盪，掉落的花瓣在空氣中四處散去，在落地前就先從視線裡消失。草地上鋪著一塊一塊的野餐墊，上面坐著賞花的人們，角落還有一區遊戲區；花瓣飄過鞦韆上的小朋友，而小朋友卻不以為意，繼續徜徉在笑聲裡。享受櫻花的最高境界莫過於此——不需要特地去注意，自然成為當下時空的一部份，讓風景留存於內心深處。

我們穿梭在園內四處拍照，拍花，拍人，拍小朋友；我們的境界不夠，還是只能這樣到處尋找、拼湊、確認美景的現形，依然不懂該怎麼做才能享受當下，甚至盤算著還有哪裡也能看到這樣的景象。

「我差不多了。」旅伴拍完一輪，作此宣告。

「再待一下吧。找個沒人的地方坐著吧。」於是我們走到櫻花林的邊緣，遠遠地看著風景裡的大家，似乎終於能沾染一點那邊的氣氛了。

「還是很幸福。他們很幸福，我也開始有點覺得幸福了。」旅伴如此說道。

如果是和她一起來的話，就會更幸福了吧。

進到取餐區後，兩旁的窗口依序供應不同種類的食物，從小菜、麵食、主食、肉類，到甜點，每樣的營養標示都標記得非常清楚，最後拿了胡麻豆腐、美乃滋唐揚雞、白飯和草莓奶酪——可以用便宜的價格一次聚齊所有想吃的食物，收據還附上這餐攝取的營養和總熱量，雖然是第二次來還是被深深打動。

冬天果然還是比較不利於行，身體一進到暖氣房裡，想起剛剛的自己到底多飢寒交迫，食慾一瞬間就全來了。在舒服的環境吃著美食，一邊觀察其他桌的顧客；也有在餐廳研究著課業的學生們，不過更多人是隻身平靜地聽著音樂隔絕自己，和台灣學生餐廳嘈雜的樣子完全不同。

吃到一半，突然想起應該跟旅伴回報一下，就把杯盤狼藉的樣子拍下來，傳給他看看，並附上「超好吃」這樣令人忌妒的字眼。

「和之前去的樣子完全不同」這是他對早上清水寺照片的回覆。

「真的　有超越櫻花和楓葉的感覺耶」

「是學餐！我也要吃！」

「清水寺適合大氣」

「誰叫你不來」

「也不至於為了學餐而去啦」果然是很理性的正常人。

過了一個中午，路上的雪幾乎已經融化殆盡，連被鏟到路旁的雪都剩不到腳跟的高度。最美的時候就這樣結束了啊，剩下的時間該怎麼辦呢？還是得走下去啊。

欣賞雪景色的時機已經過了，銀閣寺又不若金閣寺有著閃閃發光的外觀，之前經過過兩次，但都沒有踏進去的動力，是個很沒有吸引力的地方吧。也有可能是因為，光是在它的周圍繞來繞去，就已經夠讓人印象深刻了。景點有時候只是地圖上的標記，沿途沒有名字的風景才更讓人流連忘返。

秋天經過這附近時，最吸睛的是道路兩側的銀杏，原先帶點灰暗、高冷的街道，在落葉的鋪灑下變得更柔軟。腳踏車呼嘯而過時捲起的金黃扇葉，在人行道上留下一道通過的痕跡；撥雲見日時，樹梢的反射近乎閃閃發亮，讓人一時之間忘了秋天的鬱卒。

然而身體的寒冷千真萬確，於是我和旅伴進到一間有著落地窗的咖啡廳。室內的暖氣固然讓人打起精神，但是在直射到桌邊的飽滿透亮的光線下享用著咖哩飯，看著窗外陣風颳起的金黃漩渦，我這才知道什麼是秋日的幸福。聽說京都大學的師生很喜歡到這邊談天說地，畢竟這是一個光待著也能感受到幸福的地方啊。

再往前走就會到白川疏水，取而代之的是水邊的櫻花樹，在秋天看當然就變成光枯的殘枝，但是光是經過，仍會想起當時迷幻的沉醉。比起清水寺，這邊的櫻花開得多一點，含苞與花開排列在同一棵樹上，讓人更有季節遞嬗之感。走在堤上步道，與馬路隔著一段距離，觀察每一棵樹的姿態，在行進間品味時光，忘掉自己原本的目的地，也忘掉人生不重要的瑣事。

「你在幹嘛啊？」旅伴看到我對著地上張望，如此問道。

「找花瓣啊。」

「有人要喔？」

「對啊，指定要京都的櫻花花瓣呢！」沒錯，就是她。

「留得了嗎？」

「看看壓在書裡行不行吧？書籤不是都那樣弄的嗎？」這實在是我的一派天真。

「真浪漫。」

「也會寄明信片啦，是少數知道我要來京都的人呢！」

「那麼稀奇。」

「有些人就會想讓他們知道吧。」說完之後，我就繼續找我的花瓣。他一副要幫我一起找的樣子，開始東張西望起來。我找了幾片看起來形狀完整，在飄落時沒有四散的花瓣，連花蕊一起夾進剛從旅客中心拿的地圖摺頁裡。

白川疏水在一個十字路口後轉進社區，接著的就是鼎鼎大名的哲學之道了。疏水轉彎之後，從原本的直線變為曲流，和民宅靠得更近，兩側的櫻花樹長得更恣意，左抵門窗，右抵路口，天空像是被粉紅包覆一樣，隔絕了外在的紛擾。水道裡飄著零星的落花瓣，在壩前堵成一條蠢蠢欲動的絲帶，再一片一片衝破障礙，而後消失。

櫻花樹下的初吻、一家人散步嬉戲、老夫妻吃著便當……這些最平實又最幸福的日常生活片段，就是在這樣的地方發生的吧。櫻花在日本，是年復一年的開始，是共享時光的方式，是美麗的存在與見證——櫻花的倏忽即逝和生活的俯拾即是，像是在互相訴說著「這世界還是有一些事物永遠不會改變啊」；如果這種平實的幸福感就是哲學的話，那還真的可遇不可求。

要到景點之前，總是得先穿越令人煩躁的紀念品店和遊客們；進到銀閣寺之後，清冷的氣息反而讓人的心震盪起來。

不若金閣那麼閃閃發光，銀閣的建築本身是一棟再普通不過的木造建築，然而整個視線裡的所有事物，都是為了彼此而存在的。枯山水的碎石以波浪狀排列，通向盡頭錐狀的假山，讓幾何不再是遠近的唯一標準；換個視角，雅致的庭園水池在微風蕩漾下掀起漣漪，建築的倒影在晃動中逐漸模糊。原來，這才是真正的雅緻和侘寂，建築看似是配角，卻是匯融一切的畫龍點睛。

或許是因為籠罩於東山的陰影，銀閣的屋頂還蓋著一層雪，算撐得起「銀閣」的美名，而其他建築只剩屋簷末梢的殘雪，庭園也只剩樹叢下的雪堆。瀏覽完庭園之後，還能繞一圈山腳的步道，俯瞰整座寺院的布局。雖然只稍微比平地高了一點，已經能看見盆地另一端的山脈和在兩端間低矮的住宅，銀閣就在一角，以潔淨的白和日光彼此閃耀。

因為不是賞櫻或賞楓名勝，金閣寺和銀閣寺都是前兩次被我拋到腦後的地方；直到這次變幻莫測的冬天，雖然只看見落魄的雪金閣，卻在銀閣寺體驗到這般純粹的意境。不需要依靠外物，在沒有特色的時候也能熠熠生輝，才真的能永駐於心。

還不夠，心裡空下的那塊還是沒有絲毫動靜；我遺失的不是金閣也不是銀閣，是我知道再也找不回來的東西。

# 嵯峨野

楓葉真的很難捉摸啊，情緒都被打亂了，有時沉寂，有時鬱悶，有時又以一種莫名的自信在抵抗一切。

每次來京都，最被我忽視的就是住，基本上都以能花最少錢過夜就好為原則。前兩次因為有旅伴，所以訂了郊區的日租公寓，每次進門都得先在大門口鬼鬼祟祟地找到房東藏鑰匙的地方，再躡手躡腳地找到對的房門；在夜裡做這件事，看起來真的和小偷沒兩樣。

不過住這種日租公寓，過的就是扎扎實實的日常生活。每天早上和通勤族一起擠電車，晚上再和應酬後強忍著醉意的人們一起返家，在站前商店街找到自己喜歡的食物，把消夜和早餐一次買齊。在一下就霧氣瀰漫的分離式浴室洗澡、欣賞綜藝節目裡來賓誇大的表情、在榻榻米香的伴隨下入睡，旅行最不光鮮亮麗的時候，也有它令人沉醉的地方。

不過這次因為是一個人，就隨便挑了京都車站附近的青年旅館，反正平常在學校也是住宿舍嘛。床位是膠囊旅館的布局，除了睡覺，其他活動都得在公共空間進行。我前一天因為很早就累了，所以沒有再去什麼地方，先回去休息一下，再出來吃個便利商店當晚餐，然後就入睡了。膠囊的好處就是，門簾一拉，裡面就能保持絕對的黑暗。

隔天起床，時間還有點早，但也正好適合趕早去遊客會越變越多的地方。出了京都市區，最著名的景點就是嵐山，同樣是春夏秋冬各有風采，又是許多歷史故事的背景，所以在日本人心中也佔有很重要的地位。從京都車站搭嵯峨野線的電車，只要大概二十分鐘就能抵達，非常方便。

到了京都車站，買個早餐，馬上先到月台等車。現在正是通勤時間，電車一進站，穿著相似服裝的學生和上班族們魚貫而出，朝向不同通道散去。上車的乘客則都是一派悠閒，好像去哪都無所謂似的。

電車出發一段時間後，就駛上高架橋，可以一覽京都市街。和一般日本的大城市不同，整個京都幾乎沒有高樓，視線中最突兀的就是站前的京都塔，其他建築都是低矮的住宅或大型超市。站間的距離很短，電車一直在走走停停，乘客也是來來去去，就在這早晨的迷幻中抵達嵯峨嵐山站。走出車站，才突然想起，這次不是來看雪的嗎？門口的溫度計顯示著三度，一個晚上什麼也沒下，就只剩寒風刺骨了。

賞櫻時，因為嵐山的開花預報是未開，所以沒有來這邊；賞楓時看見朝陽照射下滿山的楓葉，還是不免俗地喜歡上這個地方。現在這種青黃不接的時候，還真不知道要去哪邊好，所以決定先往桂川河邊走去，到那邊看看嵐山本體吧。

時間很早，路上的行人不多，就算有也是匆忙往車站走去的通勤族，以及看似漫無目標地移動的老人家，並沒有太多服務觀光客的店家，不說還真感覺不出這邊是觀光勝地，也有可能是季節和天氣的緣故，實在不是一個很討喜的時分。

這次從車站直接走到河邊，映入眼簾的荒涼感讓我大吃一驚。河畔只有非常窄的柏油人行道，過了圍欄就是荒煙蔓草，完全是一條再普通不過的河川。遠方的矮山細看確實還留著一些白雪的粉碎，渡月橋看起來還有一段距離，但是不管怎麼說都不太吸引人。

說到京都的河岸，最厲害的或許是春天的背割堤。正當我和旅伴自以為京都的櫻花已經花招盡出，以至於我們審美疲乏之時，那道堤防又讓我們開了眼界。京都讓人印象深刻的地方，大多脫離不了這幾條河——桂川、鴨川和宇治川，而背割堤就是這三條河流的匯流處，說是凝聚了三倍的華美也不為過。

由於是匯流處，背割堤的兩側都是河道，堤上的步道以平緩的坡度抬升到頂端，步道兩邊就種著連綿不絕的櫻花樹。沒有誇飾，真的看不見盡頭。在這個地方，櫻花變得非常純粹，沒有其他任何事物的干擾，綻放的櫻花扎實地搭起了拱型通道，往每個角度望過去，都是最美的一面。

在這邊，人與人之間能夠以舒服的距離，在漫長的步道上享受屬於彼此的時光，直接席地而坐開始野餐的朋友團體、情侶、家庭也很多。賞櫻可貴的並不是櫻花本身，而是讓最普通的生活也能有美麗的時候；說著「真漂亮啊」到底是指什麼呢？想要一直走到步道終點真正的原因是什麼呢？肯定不只是櫻花啊！

對啊，那個時候，真的很認真地探索了校園裡的每個角落，一直想找到美麗的地方，和她度過那些夜晚。但是夜裡的美麗就不是用視線做判斷的了，可能是用聲音，可能是用氣味，可能是用設施；雖然明明知道在哪邊都會非常開心，但還是想要找到下一個地方。

「所以我們要去哪啊？」她總是先上了我的腳踏車，我騎動之後才開口。

「不知道啊，你不是哪裡都知道？」

「都去過了啦！學校那麼小！」

「那你就先騎啊，騎去你沒有去過的地方！」又是這種奇怪的要求，也好啦，我就不用煩惱了。

對當時的我來說，不論最後去哪裡，都是沒有去過的地方喔，我心裡這樣想著。有時候我們就這樣一直騎，哪裡也沒去，最後又回到原地。

「哇！今天探了好多險！」她下車之後，做此評價。

「超恐怖。超累。」還真的有點氣喘吁吁了。

「吼！你很遜耶！」

「啊你不就都坐後面一個人爽。」

「對！超爽！給人載都不用出力！爽！」太爽朗了，招架不住。

嗯，很爽，只要有人載，果然不論去哪邊，或是哪裡都不去，也都會很開心。

秋天來嵐山時，是在更接近清晨的時候。那次因為來的時間很短，所以每天都還沒日出就出門，快半夜才回到家，連續幾晚都睡不到幾小時。那次是搭阪急電車來嵐山，抵達的車站在河的對岸，必須要走過渡月橋，才會到嵐山的核心區；從這個方向抵達，或許才更有感覺。

河的對岸有一片公園，一如京都的其他景點，種的不是櫻花就是楓樹。平地的楓葉已經紅得透徹，嬌豔欲滴的像是一飄進河裡就能直達天際，倒是漸漸染上暗紅曙光的山上，看來仍是橙黃橘綠，像在一片蕭瑟中的唯一救贖。渡月橋連結兩座山的山腳，木造外觀非常輕盈，低矮的橋面在後方山勢的對比下顯得內斂，不過份占盡光彩，又能讓風景更有動感。

不過，從這一岸看渡月橋，那種氣勢就出不來了，走著走著除了感覺到和橋離得越來越近以外，並沒有太多想法。這一側的觀光客與商店也越來越多，實在不太喜歡這種觀光感，尤其想到自己其實就是其中一員，就更有恨不得馬上消失的念頭。

快速走過橋頭之後，繼續沿著河畔走一段，再彎進小巷子，就會到天龍寺的大門。賞楓時已經進去過了，大概已經是天龍寺最美的時節，所以這次就沒有再進去的理由。結果來到一樣的地方，還是只能走著一樣的路徑，卻什麼都提不起勁了。

天龍寺最有名的是曹源池庭園，相傳是開山和尚的經典作。佛堂前面先鋪一片碎石，作為佛道和風景的界線；再來是有著婉約曲線的水池，四周圍繞著稜稜角角的緣石和草木；最遠方是真正的山丘，也成為風景的一部分。在這層層遞進之間，穿針引線的就是楓葉的橙紅，從碎石上的一片落葉，到湖面顫動的倒影、空中搖晃的樹叢和山丘恣意的漸層，動靜之間，時空變化，盡在眼前的這個片刻。

從天龍寺的後門出去，就直接來到竹林小徑。大多數人來嵐山，都是為了這條竹林小徑。如果不經過天龍寺，就得繞到馬路上，從起點開始走；從頭走到尾，大概十分鐘的距離。在離開天龍寺的範圍前，竹林與楓葉在林間交錯，落葉散佈於有點枯黃的青苔上，不合時宜的翠綠在這片過於蕭索的黯沉，還真有一線生機之感。

至於冬日裡的竹林，就只剩寒風刺骨了。一根根竹子直聳雲霄，灌進小徑的風刷過一層一層的竹葉，帶來震撼的聲響。大概因為太陽照射不進來，地面還有些殘存的積雪，但也絕稱不上是美景，反而更像一線生機底下殘酷的真相。

真的還會有一線生機嗎？不過冬天的天氣，確實是最讓人感到麻煩的。我們最後一次見面，是在期末考週硬擠出來的一個下午。

「要不要出來？」我傳訊息問了她。

「不要　好冷」

「很久沒見了耶」

「還好嘛　期末考耶」理由還真多啊。

「你現在有在看書？」其實根本也沒有要考幾科，我才不信哩。

「呃」

「與其耍廢　還不如出來見個面」

「吼　很麻煩啦　我在宿舍待得好好的」真的很懶惰啊……

「我剛從外面回來　外面很溫暖喔　有溫暖的冬陽」只好發揮說說的技能了。

「真的嗎！！！」

「對啊　很久沒出太陽了耶　珍惜一下吧」

「你沒騙我吼」

「沒騙　你出來就知道了」

「好啦好啦　到了叫我　不要太快也不要太慢」

「說得真清楚」

「哼　又在那邊酸我」

「你說！哪裡溫暖！哪裡有冬陽！」她見到我的第一句話，就是破口大罵。

「有啊，你看那邊。」我指了指烏雲之間小小的空隙，「雲就在那邊飄來飄去，沒辦法。」

「真的被你騙了！超冷！」她的身體還配合著顫抖了一下。

「還不是為了哄你出來陪我。」我一副無所謂的樣子吐出了這句話。

「吼！反正你就是只會出這張嘴啦。」好像就是這樣。

「好啦，趕快找地方去，就不會冷了。上車。」

白天比起晚上，更讓人無所適從。最後，我們去買了紅豆餅，隨便找了地方就坐下來吃；用紅豆餅暖手，最幸福了。在京都也買過一次紅豆餅，叫「大判燒」，買來吃卻失望了，單薄癱軟的餅皮、甜膩僵硬的餡料，第一次在日本有踩到雷的感覺。

源氏物語的其中一個場景「野宮神社」，就藏在竹林小徑的中段，有著日本最古老的原木黑鳥居；不過我更喜歡的是旁邊的平交道，這次和上次都特地在旁邊等到電車駛過，感受電車以急速擦過竹林邊緣時的震耳欲聾。這條路線會一路通往日本海，又是完全不同的地方了。

雖然竹林小徑的入口總是人很多，但人潮會漸漸分散，越來越稀疏，走起來也就越來越舒服。走出竹林，迎面而來的是一座水池，在有楓葉的季節，也是風姿綽約；雖然不若精心設計的庭園精緻，但反而有獨佔這片風景的尊榮感。

我們在學校最常約會的地方，也是湖邊。湖邊的每一張橫椅，我們可能都待過了。哪邊容易有路人，哪邊蚊子多，哪邊可以看到月亮，簡直已經熟悉到可以出攻略了。我們就那樣獨佔一隅，拋下一切束縛，把世界化約成當下，予取予求著彼此。

「好神奇喔。」某次我們把日常瑣事聊完以後，她突然如此感嘆道。

「什麼神奇？」

「全部就只有我們在這裡耶。」

「還有青蛙啊，你沒聽到？」

「吼！你怎麼那麼會煞風景。」

「考慮人類的話，確實只有我們。」

「也不用定義得那麼清楚。」她以鄙視的語氣嫌棄著。

「嗯，只有我們。」說著這句話的同時，我把她的手牽起來，直接十指緊扣。

「吼！你太會了啦！」她驚愕了幾秒鐘，如此回覆。那應該不是第一次，但卻是讓人記得很清楚的一次。

賞楓那次來嵐山的行程，最後結束在常寂光寺，我們在開門時間前就已經站在門口等住持來開門。常寂光寺的山門就在山腳，一路的高低落差讓楓樹更錯落有致，可以以平視的角度更清楚地看見一片片掛在樹上的葉裂，葉梢與穿透的背景所形成的紛雜也盡收眼底。

離開時，門口有一棵楓葉艷紅如血，雖然大概只剩一半的葉子在樹上，卻完全沒有露出頹喪的氣息，而是以高雅的嬌豔傲視四周。楓葉真的很難捉摸啊，情緒都被打亂了，有時沉寂，有時鬱悶，有時又以一種莫名的自信在抵抗一切，但這就是秋天惹人憐愛的原因吧。

結果來這邊，就這樣走了一圈，什麼事都沒做，時間也沒過多久，勢必得再找地方去才行。如果不走原路，就得穿越住宅區才能回到車站；這邊的家戶都是獨棟平房，應該就住著那種桀傲不遜的京都人吧，充滿這樣的氣息。

看著山上貌似還有一些雪，所以決定去京都另一邊的比叡山試試看，不然我的雪景之旅實在結束得太快了。上了回京都車站的電車，卻突然冒出了一個念頭：提早一個車站下車，再走回車站吧。反正打發時間嘛。看了看地圖，剛好會經過西本願寺；缺少了銀杏的璀璨，會變成什麼樣呢？

在車上時，我一直盯著窗外看，卻沒有辦法聚焦在任何事物上。到底為什麼會變成這樣呢？似乎也該開始思考了。我做錯了什麼嗎？她不夠喜歡我嗎？這些非常膚淺的念頭首先襲來。應該沒那麼簡單吧，再之前明明是非常真實的啊，感覺像是兩個人為了更靠近彼此，都使出了渾身解數，是那樣的認真啊。那終究只是一閃而過的快感嗎？還是是某個瞬間的歧誤？都不對啊，怎樣都不對吧。

想不透時就假裝不想了，假裝不下去再回到原地繞圈子，就這樣的經過一站又一站。看著來去的乘客，想要把注意力轉移到他們身上，但腦中還是只接收到眼睛看到的那樣，沒辦法思考他們從哪裡來，往哪裡去，過著什麼樣的生活。把車站站名的漢字、拼音和平假名搭配一下然後背起來，円町，emmachi，（em是從en同化，要記住），之前來日本都是這樣打發時間的，現在也不管用了。

真想知道為什麼。如果有機會，要直接打破砂鍋問到底嗎？但是如果她問我，我就什麼都答的出來嗎？如果她問：「我覺得你根本不喜歡我。」我要怎麼回答呢？

「哪有，我很喜歡啊！做得不夠嗎？」

「那你就很喜歡我嗎？」

「喜歡不會變吧。」

「你是說現在還是之前？」

「幹嘛問這個。廢話。」還要裝得一副根本無所謂的樣子。

「你為什麼會這樣覺得？」

都好怪，超怪。都不對啊，要怎麼回答啊？要怎麼問啊？真的需要這個機會嗎？乾脆就裝死到底好了，反正結果也差不多差不多嘛。

這樣不行喔，有機會還是要把握喔。這樣的想法又直覺地湧上了，簡直到了冥頑不靈的程度。

終於廣播了，趕快下車吧，在路上還比較能放鬆。

# 比叡山

這就是修行嗎？以一樣的節奏度過每一天，維持萬物該有的樣貌，讓想來的人能夠抵達，讓想走的人能夠離開，而自己留在原地，灑掃庭除，精神抖擻，以不問世事的堅定包容世間變化。

根本中堂
文殊楼
トイレ

出了車站，橫亙眼前的是五條通；京都作為皇都平安京的範圍，就從最北的一條通到最南的九條通，所以現在正好是在中段。五條通非常寬敞，雙向都可以順暢地行車，中間還有很大片的分隔島，就算在人行道上，也可以看到視線盡頭的山脈。這一帶並不是熱鬧的地方，路邊的大樓看起來像是住宅區，卻還是散發出可能藏了什麼的氣息。

在大宮通右轉後，西本願寺就快到了。馬路變窄了，不過街道的氣息沒有太大的變化，直到看到上次來時下車的公車站，才稍微有點熟悉感。佛寺的範圍很大，沿著圍牆就能找到對外公開的大門；周圍也都是佛寺的相關設施，大學啦，圖書館啦，事業很大，和其他只剩風景的佛寺很不同。

西本願寺的建築以宏偉著稱，從入口的唐門就讓人嘖嘖稱奇，木造結構的樸素和雕龍畫鳳的絢爛形成對比，再加上金箔的點綴，最低調的鋪張莫過於此。裡頭的建築有新有舊，但規模最大的御影堂和阿彌陀堂，都是純木打造，以樸實無華顯現出佛道的真意。

兩間佛堂都有迴廊，脫鞋之後走在上面能感受到冷冽的風，視野在列柱的分隔下扭曲、變形，清楚或模糊已不重要。向堂內看，有時候會有正在進行的法事，來來去去，和尚佛經唸著唸著，敲了木魚，整個空間不斷迴盪著不同聲響。

寺裡的沉著雖然不變，但少了銀杏的璀璨，意境還是差了些。西本願寺整體就是大氣路線，佛堂大，廣場大，就連銀杏樹，也長得特別張狂。看著那兩大棵銀杏樹，不禁回想起當時景況——一棵巍然挺立，一棵枝繁葉茂，樹葉的顏色正是金秋該有的金，落葉尚未鋪成滿地，而樹上依然連綿不絕。

原本以為秋天就是要看楓葉，但在京都的那段時間，反而每次看到銀杏，都會更被打動。楓葉的無力和凋零太寫實，和每陣冷風席捲出悲愴；而在佛堂前曖曖內含光的這棵銀杏，大概才是完美的秋天該有的樣子——在最後一刻也要了無遺憾。

那時似乎真的比較有欣賞美景的情緒，腦海能夠輕易地浮出「最完美」的畫面，再把眼前的風景收錄進圖庫裡。那一切實在來得太快，時常令人懷疑自己：全部都是真的嗎？有這麼好的事嗎？然而一次比一次高張的情緒，總是輕而易舉地說服了自己：是啊，就是那麼完美啊。沒辦法。

「好想永遠跟你在一起——」在來賞楓前幾天的某個夜晚，她第一次這樣撒嬌了起來。

「永遠嗎？」聽到永遠兩個字，我竟然嚇到了。

「你是什麼意思！」她鬆開她的手，退開了一步。

「就，永遠的話……」

「蛤？」

「當然如果能永遠的話是最好啦……就是因為這樣才會和你交往的嘛。」

「你這是在懷疑我嗎？」

「沒有！沒有！我在懷疑我自己。」

「你自己有什麼好懷疑的？」

「我也不知道。」

「莫名其妙。」

「真的滿莫名其妙的。」每次這種場合，我都會變得這樣支支吾吾。

「真是受不了你。」我們在附近轉來轉去，一邊想要解釋，一邊不想要聽，雖然兩邊其實都不知道該說什麼。

「好啦，我大概知道了啦。」

「這種時候，就說，『嗯，永遠』，就好了。懂了嗎？」

「懂了。」

「那麼簡單的事。」終於，她接受了我的歉意，像重新action一樣，接回上一幕斷掉的地方，繼續。

永遠嗎？這到底是個什麼咒語啊。

走回京都車站的路途，街道稍微熱鬧起來；轉到烏丸通後，沿街就都是餐廳和百貨公司了。馬路的盡頭是京都車站，還有從大樓樓頂探出頭的京都塔，兩者並列京都最奇異的存在。這兩座建築落成之後，京都人也終於領悟了自己的城市和這種東西不太相容，所以再也沒有第三座這樣的設施。

雖說如此，我很喜歡京都車站。寬敞的入口、挑高的大廳、向兩側爬升的階梯、機械的結構，以冷斂的金屬質感把現代的機能和古都的沉著融為一體，自然光從連續的鋼骨間射進室內，感覺不像進到一棟建築，而只是通過一個透明的空間。

從大廳找到上樓的手扶梯，一層一層往上搭，穿越幾座讓旅客短暫停留的店家，和地面的人來人往離得越來越遠，嘈雜聲越來越模糊，光線也越來越飽滿，總感覺像是要到頂了，卻還是有下一段手扶梯，到最後依然看不到頂樓的模樣，只剩風的聲音。

樓頂的展望台有座空中花園，四周圍繞著玻璃帷幕，京都盆地盡收眼底；向正下方看，則是一列列進出站的電車，減速，消失在遮雨棚，然後再從另一端冒出。放眼望去，除了京都塔以外，大概只能認出西本願寺的幾座大佛堂；雖然是第三次造訪，看著看著還是對這座城市相當陌生。

平台上沒什麼遮蔽物，除了有一望無際的視野，也可以感受冷風颯颯，冬天的寒意還是非常真實。不是每張椅子都有人，但不畏寒風坐在椅子上的，大多是享受著這空盪的隱密的男女。這大概是離塵世最遙遠的地方，雖然就在城市最四通八達之處。

是啊，那時的我們也是如此呢。在白天時最熱鬧的教學大樓，找了一個自以為私密的角落；就算真的有路過的行人，也完全不在意了。半夜兩點，在椅子上互相依偎取暖著；在酷寒的環境裡，溫暖才有意義。

「啊——風灌進來了！」

「怎麼辦、怎麼辦、怎麼辦——」

「那我就……」再抱緊一點了喔。

不知不覺，半天也過了，真的是身心俱疲啊。樓下剛好就是拉麵小路，聚集了來自日本各地的名牌拉麵；連拉麵都有名牌，真神奇。狹窄的室內空間裡擠了很多帶著大包小包的遊客，實在有點煩躁；找了一家隊伍最短的，一下就進到店內，因為是一個人而被安排在吧檯的座位。

看了看周圍，才發現這家是吃沾麵的，小碗的湯濃郁的不像是液體，光滑的拉麵則另外擺在盤裡。點了基本款，很快就上菜，迫不及待地狼吞虎嚥起來。非常好吃，有嚼勁的拉麵沾過湯之後變得更滑順，雖然又是個口味重得讓人懷疑這到底多壓迫腎臟的湯汁，但還是呼嚕呼嚕地盡情享受，後來還得估量沾醬的多寡，才能維持湯汁的份量到最後一口。

吧檯上的水壺依然有一半是冰塊，沒有因為冬天而有什麼不同。太鹹就配水，越吃越撐，但顯然是虛飽。再說吧，路上總還是找得到食物。

冬天要去比叡山的話，只有琵琶湖畔這邊的索道可以搭；另一邊從京都山邊上山的路線，整個冬天都關閉。回到車站大廳，準備進站前，瞥見關於山陰本線運轉狀況的告示。因為大雪的關係，今天特急全面停駛，明天計畫部分行駛，但所有路線的普通車都會恢復正常。

對耶，行程只剩隔天最後一天，就要結束了。原來往山陰方向，雪竟然大到連火車也停駛嗎？京都果然還是氣候溫和的地方啊。回青年旅館之後研究一下，明天就往那邊去吧，好好看雪，享受最後的冬日孤寂。

要穿過山到琵琶湖那邊，得搭湖西線的電車，大概和到嵐山的距離差不多。電車先穿過隧道，進到一站，再穿過另一座比較長的隧道，就來到琵琶湖邊了。鐵軌在高架橋上，可以斷斷續續地看到隔著一段距離的琵琶湖，雖然烏雲籠罩，湖面依然平靜無波。湖看起來不大，對岸的山脈清晰可見，但半山腰以上就竄進雲霧了。

下車之後，站前就停著往索道站的公車，完全不用找，只有我一個人上了這台公車，車上的暖氣感覺特別強。這邊好像比京都冷很多啊，山上的積雪或許真的有望了。整趟路途，沒有任何其他乘客，停靠站的廣播、紅綠燈前的煞車、轉彎的搖晃，都只替一個人服務。

終點到了，請帶好你的行李，準備下車——大概是這樣的廣播吧。公車在索道站前迴轉好之後，才開門讓我下車。車站有點懷舊，木椅之間的暖爐是舊式的，電阻還會發出鮮豔的火光。站內還有一個資訊版，寫著山上零下一度，陰天，這麼看來應該是沒問題了，有雪看的話，還是有點興奮。

冬天真的是很淡的淡季，在站裡一起等車的，也只有一對老夫婦。開放進站，站員嚷嚷了幾句日文，通常是聽不懂也沒關係的提醒語。車廂的內裝和車站一樣，就像停留在昭和時代，酒紅的座位、木質的地板、青銅的花紋，經過這段路途，就能回到過去了。

起動之後，車內震動得非常厲害，和軌道摩擦所發出的聲音刺耳響亮，但久了也就習慣了。很快就穿進雲霧帶裡，窗外開始出現雨夾雪，像是太過厚重的雨，或太過透明的雪，每一滴都讓人摸不著頭緒。路邊開始出現積雪了，樹上的殘雪也越來越顯眼，樹林裡可以不間斷地看到滑落的雪在空中散成粉末，消失在空氣中，然後復歸透明。車廂掃過樹梢時，也還是會盪下一些雪，砸向車窗，迅速融化成水，讓視線變得模糊。

原來，雖然在山以外的地方看，雪已經融得消失無蹤；但是外觀底下的世界，還在如此的掙扎著。

山頂的天氣不像索道中途那麼變幻莫測，但是寒氣也來到了此行的高峰。離開暖氣站房的那刻，還真有一瞬間問了自己：「幹嘛來這邊受苦受難啊」，不過風景和前一天在京都市區時完全不同。步道只剩兩人並肩的寬度露出柏油，被推到兩側的積雪則充斥著腳印，一腳踩進去，深度已經來到腳踝。樹上被雪覆蓋的比例大概是一半，這樣從遠方看起來會是怎樣呢？就是那種曖昧不明的狀態吧。

走幾步路之後才懂得為什麼積雪上都是腳印，因為鏟過雪的地面依然會留下一層薄薄的冰，每步都要小心翼翼的踩穩，不然一滑就得跌坐在零下的濕冷上，嗯，我體驗到了一次。不過踩在雪裡也有踩在雪裡的煩惱，就算是防水靴，那股冰凍還是會一步一步的沁入腳邊，最後只得兩邊交替著走，在如履薄冰和寒氣逼人之間取得平衡。

走出步道之後，終於比較有人煙一些；因為實在太冷了，所以趕快鑽進室內。這間展廳有幾尊金碧輝煌的佛像，這幾年才剛鑄好，奉獻名單赤裸裸地列在一旁，就怕被佛像的風采壓過。取暖夠了，才出去附近晃了一圈，比起佛堂，雪的分布還是更吸引人。為了清出行走的空間，地上的積雪都是一堆一堆，幾乎達到隨手就能抓起一把雪球的高度。有些地方索性不除雪了，直接封路，這才能看到只剩輪廓的一片純白。

山上的佛堂幾乎都是赭紅色，屋瓦大部分被覆上積雪，只有被上一層屋簷擋掉的部分才能看見原有的青黑色。除了在步道上會遇到擦肩而過的遊客，基本上看不到其他人，好像如果自己不專心感受的話，也會立刻在原地消失。看見幾次住持，穿著外觀看起來和平常一樣的袈裟，在快要關門的下午依然努力鏟雪；與其說是在體貼信眾，不如說是為了維持靈魂的出入，就算只是經過地藏王菩薩，也會順手把祂們頭頂的雪拍掉。頭頂的積雪就這樣掉了，散落一地，在腳前越堆越高。

這就是修行嗎？以一樣的節奏度過每一天，維持萬物該有的樣貌，讓想來的人能夠抵達，讓想走的人能夠離開，而自己留在原地，灑掃庭除，精神抖擻，以不問世事的堅定包容世間變化。

「欸 對了 等到之後見面 我有話跟你說」寒假才過幾天，就收到了這樣的訊息。

「不能現在說喔」我那時還一副天真。

「不好 還不想讓你知道」

「哪來那麼多秘密？」

「可多了～」這到底是什麼詭譎的態度？後來想想，是吧，就是因為不知道怎麼開口，才會那麼詭譎吧。到現在還裝著堅強，要怎麼樣才會開始散成碎冰呢？

原路回到索道站的路途，天氣竟然轉好了，不僅露出了藍天，還能從林間的縫隙看到山腳下的琵琶湖；和從電車上看見的相比，細的像是從天空崩下的一片碎屑，而雲和陰影在其間載浮載沉。索道站裡的乘客比剛剛一路上都多，畢竟是下山的倒數幾班車了，人們聚在暖爐邊，找回身體該有的溫度。

剩下的時間就回市區逛逛吧，到鴨川邊吹吹冷風，找找有沒有值得買的東西。其實從比叡山的另一邊下山，就是京都市區了，但是在冬天就是沒車搭，所以還是得繞道琵琶湖，搭電車，再轉地鐵，才能抵達市區。

循一樣的路途，又有別人一起走，所以其實不用花什麼心思。回頭看這個懷舊的車廂，這條索道還真的很有穿梭於俗世和異境的效果；行駛到中間時和對向車交會，已經完全沒有人上山了。森林的顏色似乎有點不一樣，大概是太陽光的關係，幾乎已經照不到山脈的東側這邊了。

公車還是很多人坐才有公車的感覺，聽著旁人的竊竊私語，竟然也成為安全感的來源。進車站之後，直接到月台上的候車室等車，雖然沒有暖氣，但有個遮蔽，還是舒服很多。打開手機看，看到之前的旅伴發給我的訊息。

「玩到哪裡啦」同時附了一張忌妒的貼圖。我直接傳了幾張在比叡山拍的照片給他。

「真的有雪　好多雪」

「羡慕忌妒恨」他剛好在線上，馬上回覆了我。

「誰叫你有這種機會不好好把握」

「誰像你一天到晚出國」

「也沒有那麼一天到晚吧」真的有嗎？有那麼嚴重嗎？

結果獲得了一個無言的貼圖。

「真的有喔？」

「你看人家都不想理你了」

「唉」「真難搞」「痛苦」

「你真的很難搞」

「她才難搞」說完之後，很想結束這個話題，又傳了幾張昨天清水寺的照片給他。

「怎麼看都美耶」

「真的　一直衝破感動的高度」

「有嗎？有重要的感覺嗎？」

「有　很重要　很療癒」大概可以憑著那個走下去吧。

「想當初」

「真的是吼　不知道那時在幹嘛耶」

「問你吧」

「唉　現在也不知道在幹嘛」然後沉默了將近半分鐘。

「好好療傷吧」

真俐落。

「真好笑」「根本還不知道的事」「說得跟真的一樣」

「八九不離十吧」

「也是」自己也騙不了自己了。

「好啊！反正！做自己嘛」「誰怕誰！」

獲得了一個冷眼拍手的貼圖。我祭出暴怒貼圖回擊。

「不要遷怒於我」

「誰管你　就是要遷怒」

「好啦」「可憐」「拍拍」

「你覺得我等下要吃什麼晚餐」來點輕鬆的話題吧。

「你等下要去哪？」

「去市區　河原町那邊」

「喔喔　有好吃的蛋包飯那邊」那是一家有著能看見八坂神社的落地窗的老字號蛋包飯餐廳，滑溜的煎蛋入口即化，整盤的熬煮番茄醬汁在上菜時依然冒著煙，甜鹹適中，吃到最後也不會太乾，可以均勻地讓嘴中充滿番茄的餘味。

「沒有想吃蛋包飯　想吃適合冬天的食物」

「那邊多冷啊」

「零度上下？看地方吧　市區比較溫暖一點點」

「那拉麵吧　有熱湯」如果是拉麵的話，就得從京都系雞骨拉麵和博多系豚骨拉麵做出選擇了。

「中午才吃過　沾麵　超好吃」

「想吃！！！」在看到這則訊息之後，我馬上補發中午的照片過去。

「昨天是吃我們去吃過的那間學餐」

「太幸福了」是啊，就算是這種身外之福，也還是得好好珍惜。

「你過年在家也吃得不錯吧」

「每天都在消年菜啊」對耶，大部分的人還在過年呢。

「喔　那有點恐怖」

「好」「再給我看你吃什麼」不愧是旅伴，就算來不了，也非常關心地在線上參與著。

「好啦　我先下車　要換車」

在京都，搭地鐵的機會不多，因為大多數的景點都離地鐵站有段距離，而京都地鐵又只有東西、南北兩條線，聽說建設時因為一直挖到遺跡，非常困擾，所以就沒有再規劃更多路線了。

比起公車上總是擠滿觀光客，地鐵上的乘客就更有日常感了——拎著棒球袋邊背英文單字的男高中生、提著帆布袋戴著老花眼鏡讀報的老婦人、全神貫注不曾把手機放下的西裝客、卸下一身疲憊打盹仍不失優雅的ＯＬ；在看不到觀光客的地方，京都仍然是由這群平凡的市民們組成。

除了看乘客之外，看看車上張貼的廣告也能打發時間，練習把假名發出來，再來猜到底是什麼意思。廣告貼得非常恣肆，從「到知性的東北旅行吧！」到「這就是你念大學的原因」，從除毛診所到郊區新建案……原來這個也可以廣告嗎？每次看都會有新發現，然後得到這個感想。

下車之後，先循著三條大橋的指標出站，過了鴨川就是京都最熱鬧的河原町了。其實河原町是一條很長的路的路名，但也有直接用這個名字稱呼市區的習慣，有時會有點搞混。隔著鴨川的這側，就和京都所有一般的街道一樣，非常沉靜，所有設施能多低調就多低調，好像有沒有存在都無所謂，就連地鐵出口也只是棟貼滿白色磁磚的方形建築，看起來還比較像寬敞的通風口。

到了過橋前的路口，才終於有一點人潮；說是人潮，也就是等紅綠燈時會有人一起等，路口的四邊各有一個京阪電車的車站出口，也一直有人冒出來。滴答滴答滴答，過馬路，不同燈號會發出不同聲音，還真有點煩躁。

在這幾座大橋之中，三條大橋算是比較窄的，只有雙向各一線，不過車子也不多，大部分的車子應該都會避開。人行道大概有一條車道寬，並排走也不會有問題，行人的流量比車子繁忙的多。人行道的圍欄是木製的，在裂縫裡能看到沿著紋路染上的蘚苔，大概一重擊就會應聲而碎。

天氣雖然不能說完全轉晴，但正好是最適合落日時分的雲量，寬闊的河道在盡頭接上溫婉的晚霞，同一片雲上能找到各種無法言說的顏色；水面則反射著魔幻的青橙色，在水堰前後化為波光和水簾。河邊料亭的微弱燈火預示著夜晚的降臨，下一座橋的交通更為繁忙，橋上停著堵塞的公車。堤邊的男女們還沒散去，無畏於這般低溫，以一致的間隔在那享受最後的溫存。

太值得停下來了，所以就在已經過到三分之二處，找了個圍欄的木樁停下，拍了幾張照片。正留戀於這片風景時，前面一個牽著腳踏車的男子捕捉到我的眼角餘光，開口問了句：

「あなたは日本人ですか？（你是日本人嗎？）」

真是尷尬，聽是聽得懂，但根本不會回答啊。

「啊……」就這樣愣了幾秒。

「いいえ（不是）」這是否定的用法吧。

「私は台湾人です（我是台灣人）」我接著說。

「日本語、ない（日語、不）」然後補上一個尷尬的微笑。

完全沒有文法可言……不過為了避免他以為我會日文，繼續跟我嘰哩呱啦下去，這是必要之惡。

# 賀茂川

「你剛剛在看什麼啊？」

「我在看鴨川的空隙。」

「那個真的很神奇，真的沒人會違規。」

「果然啊。」眼前的男子就這樣突然間從日文轉到標準的中文了？

「原來你會說中文，早說嘛。」

「我也是台灣人啊，現在在這邊交換。」

「那剛剛還讓我在那邊胡言亂語……」

「第一句說的不錯啊，原本還以為你真的會日文的說。」肯定是場面話。

「不過你這樣突然問別人是不是日本人才奇怪吧……」

「因為我就猜你不是日本人啊。」

「你怎麼猜的！」哎呀，那麼簡單就被看穿了嗎？

「因為如果是日本人的話，應該不會和陌生人靠得那麼近。」這麼說起來，我剛剛好像真的沒有在管前面的行人。原來他早就站在那了嗎？

「而且氣質也就不像吧，不知道怎麼說。感覺有點穿太多了？」他補充道。

「第一次到那麼冷的地方嘛。」

「真的有點冷，昨天也是我來這邊之後第一次看到雪。」原來下雪那麼稀奇嗎？我能碰上真是太幸運了。

「嗯，我就是特地來看雪的。」

「啊！這給你，剛好多買一個，你吃掉吧。」他從腳踏車車籃裡掏出一個紙袋，捧住之後遞過來。

「本來想吃兩個的，太飽了，涼掉又不好吃。」原來是鯛魚燒，已經沒有那種燙手的溫度，正是適合入口的時候。

「真的喔？」

「對啊，我想吃隨時都可以來買嘛。」

「那我就不客氣地收下了喔。」說完這句話，我接著就從魚尾的部分咬下第一口，馬上就吃到大顆紅豆的顆粒感，豆沙在齒間越嚼越淡，最後在嘴裡留下充滿溫度的甜膩與飽滿。

「冬天果然就是要吃這種溫暖的食物。」

「對吧！超幸福！」他臉上露出了淡淡的微笑。

「我剛剛才在這邊吃完第一個，然後就看到你站到我旁邊。」

「打擾到你一個人的時光了嗎？」

「不會啦。在這邊也沒什麼機會跟台灣人說到話。」

「你剛剛在看什麼啊？」我忙著吃鯛魚燒，所以沒有主動接續話題。

「我在看鴨川的空隙。」我把嘴裡的那口吃完之後，才回答他。

「那個真的很神奇，真的沒人會違規。」連在這邊生活的人也同樣驚嘆於此嗎！

「明明每組人之間的距離會一直變才對。」

「日本人還有幫這個現象取名，叫『鴨川等間隔法則』。他們就是都會取中間值坐吧，如果人太多就直接離開。」

「是喔，沒有那麼認真看過。」

「待久一點就能看出來了，不過現在太晚，人越來越少了。」

「對啊，晚上會變冷吧。你常來看？」前一天晚上都待在青年旅館裡，還真不知道晚上會多冷。

「就是經過會停下來觀察一下吧。晚上會滿冷的喔，我穿這樣就有點太少了。」看他的穿著，好像真的跟我在台灣十幾度時穿的差不多。

受過冷風吹的鯛魚燒，涼得很快，吃到最後一口時，早已沒有那種讓人合不了嘴的燙口，但幸福感直到吃完之後依然延續。

「真的很好吃，身體都溫暖起來了。」我把紙袋收一收，塞進褲子口袋。

「對啊，兩個人各吃一個，果然比一個人吃兩個更幸福。」

「太謝謝你了，沒想到會在這邊遇到別人。」不過剛剛真的有如他所說靠得那麼近嗎？有點懷疑，可能是日本的標準吧。

「那你晚上有計劃要去哪裡嗎？」

「就在這附近逛逛吧。其實我來過京都幾次了，所以也沒有非得去哪。」

「是喔，那要不要一起去吃拉麵？我回宿舍路上有一家，我原本計畫要去吃。」

「拉麵喔……」殊不知我中午才吃過，該怎麼辦呢？

「那家拉麵的套餐可以配唐揚雞或餃子，很接地氣喔，我其實是為了唐揚雞去的。」

「好啊，京都很少接地氣的餐廳耶。」聽到唐揚雞，完全就心動了。

「真的！每次都不知道吃什麼。」

「吃學餐啊，學餐不就很好吃了。」有那麼好吃的學生餐廳還這樣嫌東嫌西，真是不惜福。

「欸！你很熟嘛。」他移動到腳踏車邊，握好把手。

「那就走吧，走起來才不會變冷喔。」

在這邊這樣消磨一下，天色真的快要全黑了，只剩落日的方向還看得出一點折射進大氣層的深邃的靛藍，以整片天空為範圍漸層到另一端的黑暗。現在可能是街上最熱鬧的時候，等候紅綠燈的車潮就能填滿整座橋。

「大概多遠啊？」我們走上河邊的人行道之後，我開口問了他。

「騎車大概十分鐘吧，走路不確定耶。」

「是喔，大概在哪邊啊？」

「在出町柳站那邊，你知道嗎？」

「喔喔，知道，離這邊要電車兩站耶。」一不小心，大概也把京都地鐵和電車的路線都記下來了。

「你真的對京都很熟……我都騎腳踏車。」

「就來過幾次啦，而且滿喜歡火車的。」

「那你很適合日本，我宿舍門口就是一座平交道，旁邊就是車站，每次鈴響聲都會傳進房間。」

「太夢幻了吧！」我真的會幻想如果來日本住的話，就要住在這種地方。

「實際上是另一回事吧。」他挑了一下眉，貌似輕鬆地說著。

「呵呵。那我們就走去嗎？」

「對啊，時間還很多嘛，順便把鯛魚燒消化掉。等一下會吃很飽喔。」

鴨川的這側，馬路緊鄰河堤，跟對面河岸直接接著整排房屋不同，所以在這邊看對岸，能看見建築裡凝結的燈光。馬路非常通暢，車子不多，因為河邊也沒什麼重要的設施。前一次騎腳踏車那天，最後就是在類似的夜裡，從出町柳那邊一路騎回京都市區，抵著寒風前進，一邊想要趕快結束，一邊又想要繼續這樣騎下去，品味在黑暗裡隱約可見的細微變化。

這時和那時，不意外地想見了一樣的事情；每次讓我覺得重要的時刻，幾乎都是在漆黑的深夜。我們和朋友之間的聚會結束之後，通常都是我順道載她回宿舍，如果她還有什麼想講的，就會再把我拐去什麼地方，一次講個夠，我就當故事聽一聽，直率地給出一點建議。

時間久了，終究變成習慣，於是換我在結束後會問她，要不要去哪邊啊？有一次去了校外不遠的小山丘，雖然周圍都是低矮的社區，背景卻可以看見整座城市最高的建築，燈火璀璨，劃破沉靜寂寥的夜晚。走到山頂的路上，她雖然一路埋怨，蚊子啊，汗水啊；但一看見這片風景，馬上就放下被我騙上來的怒氣：「這麼漂亮的地方，你怎麼不早點讓我知道！」

我們先辨認了一下哪邊是哪邊，捷運，校園，機場，摩天輪，等到能說的話都說完了，她也沒有什麼想說的了，那陣念頭突然襲來——現在或許就是適合的時候了吧。氣氛、場合、心理準備，都具備了嗎？就這樣算計著。

一邊說一些無足輕重的話，一邊左思右想，最後還是因為害怕一發不可收拾，所以又把整個念頭，像把羽絨睡袋塞進袋子裡一樣地塞回心中；儘管一把露出來的部分塞進去，又會有另一邊露出來，但過了一段時間之後，終究整成圓圓滿滿的模樣，再放進櫥櫃收了起來。

收起來之後，日子又變回原來的樣子，吃吃喝喝，嘻嘻哈哈，有時候會想起那股心中的躁動，想著還會有下次嗎？在那之後，心中很少再有波動，總想著到這邊也很好，安安穩穩，平平靜靜，來往的頻率也隨著她的情況忽高忽低，或許只是被當成一個能聽她訴苦的垃圾桶而已，再看看吧。

「那你來幾天了啊？去了哪裡？」對於和初次見面的人交談要多熱絡，我至今還是不太清楚，所以還是由他開啟話題。

「今天第二天，昨天去清水寺、金閣寺、銀閣寺，今天去嵐山、比叡山。」

「聽起來已經快要玩得比我多了。那你之前還去過哪裡？」

「很多耶，一時數不清，有名的景點都玩得差不多了吧。」

「那麼有自信！」

「我在蒐集京都的四季，前兩次是賞櫻季和賞楓季時來的，這次也是因為天氣預報說會下雪，才特地過來，幾天前才買機票的喔。」

「那麼果決！」他說起話來還滿有力道的，不過也可能是我最近太沒力道。

「就……還有一些其他原因。」

「不能說嗎？」

「先不要說好了。」

不知不覺，我們已經走到下一座車站了。說是車站，其實看起來就是非常低調的地下道出口，不過路上交通有稍微繁忙一點，也有一些餐廳之類的商業設施；不然剛剛沿路走來，其實還真感覺不太出來自己身處大城市。

「那你剛剛去市區那邊幹嘛啊？」既然話題是被我終結的，還是擔負起繼續下去的責任吧。

「我去新京極看電影。你知道那邊嗎？」

「大概知道，好像有經過過。」

「然後電影裡面剛好有拍到鯛魚燒，所以看完之後就去附近買來吃，勉勵自己在那麼冷的日子還出門。」真不錯的勉勵方式。

「我還特地從台灣來呢。」

「出來玩是一回事，生活是另一回事！」

「也是啦，但能剛好吃到你的鯛魚燒，也算是有緣了。」

「真的。好吃的東西就是要有人一起吃才好吃。」

「希望等下的拉麵也會一樣好吃。」

「別緊張，我沒事幹嘛帶你去吃不好吃的東西啊？」

「說不定是整人節目啊？你沒事幹嘛問別人是不是日本人啊？說不定後面有攝影機喔。」我作勢轉頭往後方探了探。

「咦，被你說得好像有點像。哈哈。」

時間就這樣隨著風景變化分分秒秒地過去，不論是這邊還是對岸，建築開始變成規模很大的方形建築，燈火通明，大概是什麼設施。

「這些建築是什麼啊？你知道嗎？」我開口問了他。

「好像是一些大學設施。京都很多大學。」

「喔喔，原來。你們現在要上課嗎？還是放假？」

「剛放假。放到櫻花開花的時候。」

「那到時候就很幸福了。」

「對吼！你已經看過了。真的超期待的。」

「到處都會是櫻花喔，原本以為沒什麼的地方，也會因為多了幾棵櫻花就變得完全不同。」

「好，我到時候一定要好好感受。」

「不過這兩天的雪景，我也很滿意喔，不會輸給櫻花。」

「真的喔！果然還是觀光客比較勤勞，我只覺得好冷，能不出門就不出門。」

「那你後來怎麼決定要出門看電影？」

「上網剛好滑到預告片，看到場景是在京都，又發覺好久沒出門了，就想說出來看看電影，順便找東西吃。」

「不過那麼冷還要在戶外騎腳踏車，真的有點辛苦。」

「還好啦，因為是慢慢變冷，所以也會漸漸習慣，而且如果沒下雪的話，京都人也都照騎啊。」這麼說好像也是，白天還是能在路上看到來來往往的腳踏車。

「已經用京都人的標準在生活了嗎？」

「入境隨俗嘛。而且省錢。」

我們走在河堤綠地上的人行道，與河、馬路都隔了一段緩衝，不會太安靜，也不會太吵。行人不多，我們通常是並排，如果對向有人來，他就會移到我後面，再跟上來。上次經過這段路，因為是騎車，所以大部分是在馬路上，也不知道河邊的風景是怎樣。

「你知道鴨川過了出町柳之後，上游的名字嗎？」開始了對觀光客的考驗啊。

「一邊叫高野川，一邊叫賀茂川吧。」我剛好對地名比較敏銳。

「那你知道，鴨川和賀茂川，其實日文念法一樣嗎？」

「蛤！」

「都是念かもがわ〔kamogawa〕。」

「咦，經你這麼一說，好像很有道理耶。」

「啊就是這樣念的。」

「我的意思是，大概可以想像是音讀和訓讀之類的緣故吧。」

「你不是說你不會日文！」超越一般人對日文該有的認識了嗎？

「就知道一些皮毛吧，但都是很不實用，沒辦法派上用場的皮毛。」

「這個真的滿冷僻的，不過感覺你如果要學日文，大概也可以學得滿快的。」真是個很會說話的人。

「啊——就很懶得學語言，很廢。不過五十音大概都認得，這樣的程度。」

「有特地背過？」

「算吧，就自己背一背，來日本玩比較方便。」總不能初次見面就讓人家知道我是透過站名牌背五十音的，實在太怪了。

「不過唸出來沒辦法知道意思吧，還是學一下比較好。」

「是啦，有念頭。但是就僅止於念頭。」一方面是覺得，還是讓自己到日本時能保有一點陌異感，旅行起來會比較新鮮吧。

「所以鴨川就是賀茂川。」我下了這個小結。

「用日文說就好笑了。感覺日本人根本不會有這個意識。」

「實在無法理解，為什麼明明是一樣的名字，卻硬要寫成不同的樣子呢？」這只是日本人莫名其妙的冰山一角。

「區分上下游吧。」

「但是說話就不用區分嗎？」

「對吼。感覺就算去問日本人，他們也答不出來。」

「他們好像常常這樣。」

「也不是什麼事都要有道理的嘛。」

兩旁的建築越來越暗，意味著離市區的喧囂越來越遠了。天色已經完全只剩一片漆黑了，氣溫也有越來越低的趨勢，雖然因為走路的關係所以沒有感到那麼冷，但皮膚接觸到空氣的部分還是會不自覺地顫抖。

「這邊右轉，要上到馬路了。」

「要到了嗎？」

「差不多，餐廳在出町柳站比較南邊的路口。」

「這裡好不熱鬧喔。」

「畢竟快到郊外了嘛，食物也比較便宜好吃。」

鴨川沿岸這幾個有車站的路口，除了繁忙度不同以外，長得幾乎一模一樣，如果要確認到底是哪個路口，還得依靠紅綠燈上的名字。每個路口都有一個名字，真方便。

「你是怎麼認出這個路口的啊？」

「認橋啊，每座橋都不一樣。」

「喔喔，專業。」

「這座橋前面就是鴨川三角洲了，你知道嗎？」

「有經過過幾次，但沒有下去玩水，因為之前來時都太冷了。」

「我剛來時有去玩過一次，很棒喔。待到現在，我覺得那是最讓我有幸福感的一次。」

「那麼厲害喔！」

「你一定要去看看，夏天的時候。」

拉麵店在全家便利商店隔壁，店面不大，感覺就是住附近的每個人隨時隨地都可以來一碗的一家小麵館。他先把腳踏車靠著人行道邊緣停好、鎖上，相當小心翼翼的樣子。把拉門推開後，人聲鼎沸，幸好還有吧台的空位；老闆親切的問候，當然就交給他處理了。

「我一般都是點這個，拉麵和唐揚雞的套餐，還會附一碗白飯。」我把立在吧台邊緣，有點油膩的護貝菜單拿起來看時，他直接指了指那個品項。

「嗯嗯，大概看得懂。」

「是喔，那就自己看吧。決定好了再跟我說。」

「我也那個吧。」就在他點餐的同時，我順手裝了兩杯水。

「冬天也要喝冰水，真受不了。」

「我好像已經不知不覺習慣了。」

這家拉麵店裡各種顧客都有，男女上班族、學生團體、親子組合，相當家居，就像是從家中延伸出的飯廳。雖然廚房區有啤酒機，但放眼望去，喝啤酒的人不多，可能時間還沒到吧。

在師傅有條不紊地準備的同時，我們開始了各自的滑手機時間；也才剛認識嘛，還無所謂科技冷漠。

「嘿！你看！」他突然把手機遞到我這邊，讓我看了一張Instagram上的圖片。

「這是現在嗎？」圖片是一道石階，燈籠溫暖的色澤熠熠生輝，把雪景渲染出豐富的光彩。

「好像是喔，我朋友剛po的。」

「還以為沒雪耶。」

「原來稍微山上一點就差那麼多。」

「這在哪啊？」

「貴船神社，搭電車過去大概二十分鐘吧。」

「喔喔，貴船，知道。」

「想去嗎？吃完過去應該剛好來得及。」那麼剛好嗎？

「當然好啊，我可是專程來看雪的。」晚上的行程有著落了！

「你真幸運，連這個都能遇到，這只在有雪景時才點燈耶。」

「可能因為我是大老遠特地來吧。」

「要不是有遇到你，我一定懶得去。」

「也不知道下場雪還會不會來喔。」

「真的，得好好把握機會啊。」

說著說著，師傅已經把拉麵和唐揚雞端上吧台了。拉麵還正冒著煙，底下是很濃稠的豚骨湯底，配料也非常俐落，叉燒、筍乾、溏心蛋，完全沒有任何累贅或裝飾。唐揚雞也非常吸引人，看著深褐色的麵衣，似乎還能聽見油鍋的噗滋。白飯一如日本白飯該有的樣子，散發著幾近透明的色澤。

「看起來很好吃吧！」他抽出一雙竹筷，把竹筷掰開，準備開始吃，然後看到我在拍照。

「觀光客耶你……」

「我第一次吃嘛，紀錄一下不行嗎？回去可能會寫遊記啊。」

「你會寫遊記喔？」他繼續握著竹筷，邊把頭更轉向我這個方向。

「有這個心思，但沒有很認真寫。」

「該不會也把我寫進去吧。」

「在橋上莫名其妙問我是不是日本人的ＮＰＣ嗎？」

「聽起來是個怪人。」雖不中，亦不遠矣。

拍完照之後，我才趕快跟上他的步調。他已經呼嚕呼嚕吸了兩三大口麵條了，完全陶醉其中，沒心思搭理我。這家的拉麵麵體是標準的細麵，很有嚼勁，也有煮透；豚骨湯底不會太鹹，因為是冬天，一口湯、一口麵完全沒問題；叉燒軟嫩，油花量適中；筍乾也非常入味。

師傅向他帶了一句話，然後再轉達給我知道。

「師傅叫我們趕快吃唐揚雞，涼掉就不好吃了。」

「一次就上來拉麵、唐揚雞和白飯，太琳瑯滿目了。」

「我白飯都最後吃啦，配湯吃。」

「我好像有困難，因為我很會喝湯，可能吃麵的過程就把湯喝光了。」

「竟然！湯很鹹耶！」對一般人來說，這個湯果然還是算鹹嗎……

「我好像口味有點重。」

說完之後，我把唐揚雞夾起來，拿起飯碗，讓吃唐揚雞時噴出的雞汁，可以濺在白飯上，這樣白飯就也會有味道了。這家的唐揚雞皮肉一體，雞汁也沒令我失望，整塊肉非常濕潤，香氣和熱氣一入口就擴散到整張嘴巴。

「呼──真的都很好吃耶，感謝你帶我來。」我吃完第一塊之後，讓嘴巴稍微散熱一下，然後如此跟他說道。

兩個人吃飯的速度都滿快的，而且也要趕著神社點燈的時間，所以並沒有在拉麵店久留。火車站的位置在下一個路口，我們先把他的腳踏車停好，然後趕上即將發車的電車。

「晚上還是滿冷的啊。」進入暖氣車廂後，我邊把身上冷到的地方搓一搓，邊如此說道。

「真的會冷喔……看來是習慣了呢。」

「看你也沒穿很多啊。」

「漸漸地變冷就不會察覺到吧。」

這段時間算是下班尖峰時段的尾聲，行駛幾站之後車上就有空位了，鐵軌沿線和住宅貼得非常近，甚至能看到窗內居民的舉手投足。

「啊！那棟就是我的宿舍！你有看到嗎？」在我獨自盯著窗外看的時候，他突然點了一下我。

「那棟最大棟的嗎？」我指了指。

「對，裡面住滿像我一樣的外籍生。」

「這樣不是都沒什麼機會認識日本人了嗎？」

「對啊，結果好朋友也都是外國人。」

行駛的路程比我想像的還久，窗外竟也開始變得漆黑，和房屋的距離越來越遠。

「變好黑喔。」我隨口發個話。

「對啊，比想像中久耶。我搭這條線最遠也只搭到我宿舍那站過。」

「來那麼久竟然還沒去過貴船嗎！」

「對啊，來之後根本沒什麼心思在找那些觀光景點耶，好多大小事要處理。」

「所以這次會去可以說是歸功於我嗎？」

「說不定喔。」

窗外風景越來越黑，只有進站前後會有非常微弱的燈火，盯著窗戶也只會看到車廂內照明和乘客的反射。還好不是一個人來，不然肯定會很寂寞吧。

「那你怎麼會一個人來啊？喜歡一個人旅行嗎？」居然就這樣發問了這麼關鍵的問題……

「啊……如果有人願意一起的話，會比較想要兩三個人一起玩。」如果能和她一起來的話，會很幸福吧。

「那樣比較好玩吼……」

「當然啊。不過我這次決定得太倉促，所以找人不順利。」

「也是。你為了看雪如此大費周章，看來我該好好檢討了，應該更珍惜在京都的時光才對。」

「你要珍惜吧……你人生未來還有多少住在會下雪的城市的機會？」

「好啦，其實我是來……呃……該怎麼說呢？」

「嗯？」他很配合地投以一個狐疑的眼光。對，我也很懷疑我想說什麼。

「算是來預先療傷的吧。」

「療傷？療傷也可以預先嗎？」

「感覺得出來吧，要結束了。只是在等適當的時機。」

「那麼不乾不脆喔。」對方好天真的感覺。

「要問她吧……」

「那要怎麼辦？」

「不怎麼辦啊。就來療傷。」

# 修學院

看著風景和走入風景，終究非常不同。原本一氣呵成的光線、燈籠與階梯，變得縱橫交錯，四處發散，走在裡面甚至會感到有點頭暈目眩……

在保持沉默的這段時間，窗外忽然飄起了雪。雖然燈光只夠依稀照出樹林的輪廓，在空中隨機飄盪的雪粒卻能看得非常清楚。一片混亂的極致，在這寒冷的夜晚反而顯得平靜祥和，讓光線也變得粒粒分明，圍繞在電車的四周。

「真的飄雪了耶，好美喔。」他終於打破沉默。

「對啊，晚上就是不一樣。」

「沒想到只差這一點距離，天氣和氛圍就完全不同。」

「對啊，來的真值得。」不論是來京都這整件事，還是現在要去神社看點燈，都很令人滿足了。

「啊你就這樣不說了喔。」

「你還想知道什麼？」與其說是在問他，不如說是我在問自己還願意說什麼。

「不說出來不會很悶嗎？既然是來療傷，不是應該給他說個痛快嗎？」

「好啦、好啦。反正就是我有預感，要被提分手了。不知道因為什麼，曾有過的熱情已經消逝了。」

「交往多久啊？」他插了話。

「很短吧，搞得好像我的投入什麼都不是。」

「那麼快就要開始抱怨了嗎？不先傷心一下嗎？」

「可見京都是個很療癒的地方，才來兩天就差不多了。」

「你的投入？什麼意思？買很多東西給他？」這是什麼問題啊……

「投入啊，精神上的投入吧。」

「精神要特別投入喔？」

「好像也不是這樣講……呃……信以為真的感覺？」

「原本覺得不是真的？」

「原本嗎？反正現在覺得不是真的。」

「聽起來真複雜。」

是啊，真複雜。這是件可以說清楚的事嗎？不過前後轉變就真的那麼劇烈吧，從最一開始的興高采烈，到後來的半推半就，然後是現在的不問不說，所有的戀愛都是這樣走過來的嗎？

「很難說清楚。」我實在不知道怎麼回，只好這樣將就敷衍過去。

「如果是戀愛的話，本來就是件不清不楚的事吧。」

「是嗎？」

「可能也有很清楚的時候吧；但是不清楚也不令人意外。」

「你交往過嗎？」可以問了吧，都聊那麼多了。

「沒有。」

「沒有是件好事。」

「那麼悲慘嗎……應該要感到幸福吧。」

「是有幸福的時候啦，但是從幸福跌落谷底的落差，還真是前所未有地費解。」

「辛苦你了。」

「真的辛苦我了。」

「好像快到了。下一站。」

「嗯，我也有在看。」

「也是，你來那麼多次，應該很會看了吧。」

「大概吧，我不太會迷路或搭錯。」

一下車，門正對著的就是被月台上的照明燈直射的站名牌。電車只有兩節，所以月台也很短，已經有些回程乘客在等車了。

「好像來得有點晚耶，好多人要回去了。」他說。

「但還是有人跟我們一起下車啊。」

有一台小巴士已經在車站門前等了，原來神社點燈期間，接駁巴士也會配合加班。

「就坐巴士吧！」

「當然，盡快到比較好。」

巴士上的暖氣非常強，雖然車門開著候客，也熱到令人想馬上脫掉外套。後來巴士很快就開了，畢竟要上山的人已經不多，趕去載要下山的乘客比較要緊。路途不長，但是非常崎嶇，沒什麼悠哉講話的餘地，倒是司機竟然能邊行駛，邊一路廣播各式各樣的問候語、乘車資訊；等他終於說完話的時候，也已經到目的地了。

「真佩服日本的司機，感覺廣播比開車難。」下車之後，我如是說。

「真的，有時候會覺得真聒噪。」

「確實不需要廣播那麼多東西。」

從巴士終點站走到神社，還會經過一些商店，不過基本上都已經在關店了，就連下山的人潮也越來越少。

「啊——剛剛司機有廣播說，回程最後一班車是八點半，我們可能會來不及，點燈好像快結束了。」他突然對我說明。

「哇——那得走快一點了。」

一路上，降雪強度其實不大，有些人沒有撐傘，撐起的傘面則積了一團團的雪漬，大概也是從樹梢墜落下來的，雖然能聽見聲音，卻不一定能看到落下的位置和方向。路上還有一些融化中的雪人殘跡，有大有小，插著當嘴巴的東西也奇形怪狀，和電影上看到的又大又圓的身體和精美的五官完全不同。

「這些雪人真落魄。」我隨口提到。

「雪人根本很難堆。」

「電影裡不是都滾個幾圈就又大又圓嗎？」

「那畢竟是電影嘛。」

看來不論什麼事物，真實和理想都不會一樣。

時常有人說，曖昧才是一段感情最幸福的時候；現在想起來，似乎真的是這樣。想像中的曖昧和真實發生的曖昧，吻合度最高，不論我還是她，當時反而都能以最輕鬆的態度面對彼此，放心地把自己表現出來。

那段時間我們開始頻繁見面，見了面就一定有話可說，話說完了就開始做一些蠢事，努力討好彼此。抱持著一定會在一起吧的心，兩個人的快樂當然是加倍的；雖說是曖昧期，心裡卻是前所未有的踏實。當時的我是真的豁出去了，想著不論有在一起或被拒絕，都是很好的結果。

現在已經完全沒有這種肚量了。

「你在想什麼啊？」他突然打斷我的腦中回顧。

「沒有特別在想什麼……還能是想什麼……」

「那麼痛苦喔？」

「有點喔。」

「是喔……哎呀，都來這邊了，認真看風景啦！好像快到了。」

一下叫我要一吐為快，一下又要我好好看風景，這個人是怎樣……這麼說起來，確實是有走一段路了，前方看到一團人擠在那邊，大概就是了吧。

迎面而來的場景，大概就是這趟旅程的高潮了，讓我們一時都說不出話來。一整排朱紅燈籠，散發著柔和的鵝黃光線，照著地面的積雪，刻劃出枝幹的線條，點亮空中的冰晶。視野中雖然沒有什麼華麗的元素，卻在光線的穿針引線下，串成動中有靜的優雅姿態。

階梯算長，盡頭被沿途帶著積雪的樹梢遮掩住。真的要通過階梯的人不多，人潮大部分是在底部卡位的攝影師們。我們也跟著在人群裡鑽出頭，想辦法拍出經典照片；不過晚上拍照還是比較困難，連按十幾下，還不一定能拍好一張。

我拍得差不多之後，退到人潮之外，他也隨後跟上。

「太美了吧！」他說，然後邊滑著手機看自己的照片。

「真的，非常神奇的風景。」

「感覺只有日本可以營造出這樣的風景。」

「日本就很會打光啊。」

「真的，還好有來。我們還要往前走看看嗎？」

「還是要往上走啊？其實可以走吧。」

「好像也是可以，那邊是不是才是神社拜殿的方向？」他看了看階梯，確認了之後，如此回覆道。

「好像是。」

貴船神社範圍不小，沿路都能聽到淙淙水聲，神社就由下而上建在溪畔一側，才會有這條打燈的階梯步道。我們沿著濕滑的階梯，緩步拾級而上；雪層在被人踩踏之後，會因為不斷融化又不斷結冰而變得非常溼滑，已經待第二天了，所以不會再大意了。

看著風景和走入風景，終究非常不同。原本一氣呵成的光線、燈籠與階梯，變得縱橫交錯，四處發散，走在裡面甚至會感到有點頭暈目眩，再加上為了穩定身體的重心免於摔跤，身心都緊繃了起來，只希望能趕快結束這段路途。

「終於到了。」進入社門後，終於鬆了一口氣。

「不好走耶。」看來他也有類似的感受。

「對啊，風景果然還是用看的比較舒服。」

「對了！你知道貴船神社是求感情的地方嗎？」

「嗯？我還能求什麼嗎？你求吧。」

「好像說錯話了……但大老遠來一趟，我還是去求一下好了。」然後他就往拜殿走去，我則在四處張望，開始打起哆嗦。

「拜了什麼啊？」我趁著剛剛的時間找了一下另一條下坡的路，他拜完來和我會合之後，我就自然地引著他往那個方向去了。因為他沒多問，我先主動關心一下他。

「就求緣分啊。還真的有點想戀愛了。」

「在外面的人想進去，在裡面的人想出來。真是太寫實了。」

「人嘛，沒做過的事總是最新鮮。不過你現在有想出來嗎？感覺你還想在裡面啊。」

「這樣說好了——難道這是件我想怎樣就怎樣的事嗎？我又不行一個人在裡面。」

「所以在裡面和外面到底有什麼不同啊？」

這條步道的兩側也有燈籠，不過樣式比較樸素，中間還有轉彎，所以視覺效果不如另一條氣派；相對來說，走起來倒也比較舒適，不會有人卡在中間拍照。

「好難回答……」我沉默了一會，在再不接話會被以為是沒聽到之前，如此應付道。

「可見是個好問題？」

「可能不是現在就可以答得出來的吧。」

「戀愛果然是件困難的事啊……」還沒經歷過的人也這樣覺得嗎？

「但明明就有人可以輕輕鬆鬆地做著啊。」

「我就不行吧……」

「仔細想起來，我好像也不行。非常困難。我原本以為沒什麼的。」

「你天真了吧。」是的，我天真了。我也是曾經覺得很難的，後來怎麼會有很簡單的錯覺呢？到底什麼是簡單的？什麼是困難的？開始無法區分了。

由於這串對話，我的思緒開始發散，不再注意方向，變成好像是我在跟著他走，他好像也很清楚方向。

「啊對了，奧宮就不去了吧，時間有點晚了。」話題突然被打岔。

「奧宮？」我一時之間聽不出他是說什麼。

「就神社裡面一點的部分。」

「喔喔，那個奧宮。沒關係，不用去了，點燈有看到就心滿意足了。」

回程經過剛剛那個階梯時，已經只剩寥寥幾個攝影師了。幾乎已經沒有人潮了，身體也能感受到下降的氣溫，畢竟是飄雪的冬夜。雪已經變得很小了，雖然在光照下還是能看到稀疏的雪粒，但是讓它輕輕落到身體上，不會有任何感覺，也不會阻礙到視線。

「欸欸。」走回去的路上，我無法停止動腦，於是藉由問他一些問題，讓自己稍微喘口氣。

「嗯？」

「剛剛說的困難或簡單，和真假有關嗎？」

「什麼意思啊？」

「就是啊，我覺得，我分辨不了。什麼是真的、什麼是假的。這件事情是覺得困難或簡單的關鍵嗎？」

「是嗎？」

「就是想不通才問你啊。」

「可是我沒交往過耶。」

「我交往過也不知道啊。」

「你到底是交往過還是交往中啊？」

「先不要糾結這個好嗎？」這人怎麼那麼會顧左右而言。

「好啦，逗你的。」

「我很認真耶！」

「所以問題是——分辨真假……什麼啊？」然後他就說不下去了。我到底是要問什麼啊，一團亂。

「好，我重問。分辨真假是不是，在感情裡，令人感到簡單或困難的關鍵。」

「喔喔，這樣問比較清楚。」

「所以是嗎？」

「感情會有假的嗎？」

「我不知道啊。」

「交往過的人都不知道了，難道我會知道嗎？」他到底是在裝傻，還是真的也不知道然後在陪我耗啊？

「我想要覺得都是真的啊。但又覺得沒那麼真啊。」

「有發生的都是真的吧。喜歡或不喜歡都是真的吧。我是這麼覺得。」

原來是這樣嗎？都是真的，沒有假的。

「這樣想好像就很容易分辨了。應該說，根本也不用分辨了。」

「大概吧，又不是珠寶什麼的，還能分真品贗品。」這是在緩解氣氛嗎？

「有點道理。」

「怎麼會是沒交往經驗的人在這邊說教呢？」

「在裡面的人叫不醒。」

「在外面的人進不去。」

「所以這才是戀愛困難的地方嗎？」

「大概吧。應該不是什麼分辨真假這種事。」

「所以困難的地方到底在哪？」

「等你發現了，再跟我說吧。」

發現感情的困難，聽起來是一生的功課。

邊走邊進行著峰迴路轉的對話，不知不覺也走到了來時的火車站，因為有動起來所以不會太冷。看了看手機，發現早已過了接駁巴士末班車的時間；我剛剛一直在想那些有的沒的，完全是跟著他走，也就這樣走回來了。

「先在室內等吧，比較溫暖，車還有一段時間才會來。」他連時刻表也一起看好了。

車站裡的暖氣很強，溫暖歸溫暖，這種冷暖交替的場合如果太頻繁，肯定會感冒。有關剛剛的對話，也稱得上是有得到一點小結論，心裡也就平靜了下來，開始瀏覽車站的海報、翻翻架上的摺頁，看著貌似能看懂的日文，多認識一點這個地區和這條鐵道。

「這站就是我宿舍那站。」我翻著摺頁，他突然從旁邊湊上來，插了這句話。修學院，真是個文雅的站名。

「每天看著這條鐵路，不知不覺越來越熟悉了。」他補充道。

「原來，所以那附近有什麼特別的東西嗎？我看摺頁上寫的滿精彩的。」

「其實那邊是住宅區耶，我來仔細看看上面寫了什麼。」

「好像有個離宮什麼的，沒聽過。」我說著，把手上的摺頁遞給他。

「離宮喔。之前有跟學校一起去參觀過一次，就是皇室的別墅啊。其實離車站也沒很近。」

「好看嗎？」

「還算標緻啦，感覺要有櫻花或楓葉的時候去才會好看。」

「可惜這兩個季節已經蒐集好了。」

「咦?現在是冬天,所以你只差夏天嗎?」

「對啊,沒意外的話應該會抽空來。」

「真是有始有終。有來可以來找我啊。」

「好啊,說不定可以借住你那?」我怎麼那麼厚臉皮……

「應該可以啦,不介意睡地板的話,省錢嘛。」

「而且這樣也可以來比較久,像我這次只能住三個晚上,好倉促。」

「不過雪應該也看得差不多了吧,好像之後不會再下了,這樣很剛好。」

「我之前有大概查過天氣,好像天橋立那邊還會繼續下雪,明天應該會過去那邊。」

「天橋立!我都還沒去過!你真的比我會玩很多!」

「我是觀光客嘛,你是居民,需要掙扎的事情比較多。」

「真的,譬如傘會被拿走。」

「什麼意思?」

「就是啊,在京都,拿走別人的傘是天經地義的。如果下雨時,發現別人拿走你的傘,你可以再拿別人的傘。」

「聽起來就變成公有財了。」

「對，好不習慣。害我常常下雨也不想撐傘。」

「那是因為京都雨都不大吧。」

「確實，很少大雨。」

「既然好像有做成約定，感覺我們之間要有個連絡管道吧，看是要加LINE還是臉書什麼的。」結果還是開口了。

「加臉書好了。手機給我嗎？我直接輸入名字。」

結果來這邊療傷，還真的交到新朋友，也算是有所收穫。

「廣播了耶，是不是車子要來了。」就在他把我手機拿去時，搭車廣播傳來。

「你是真的聽得懂嗎？」

「大概大概？幾號月台，往哪邊，要到站了。大概就那些吧，可以猜啊。剛好滿會認地名的。」

「出町柳你也會喔。」

「でまちやなぎ〔demachiyanagi〕。」

「這個程度，旅遊已經完全沒問題了吧。」

「還行啦。」

成功加為臉書好友之後，好像已經解鎖了一樣，回程車上就是各自的滑手機時間，幾乎沒有講話。我傳了一些神社點燈的照片給之前的旅伴看，他剛好在線上，馬上就回覆我。

「這太夢幻了吧」

「真的是夢幻到魔幻寫實」

「不過現在滿晚的了耶　日本那邊九點多了吧」

「對啊　在回青旅的路上　今天玩比較晚」

「為了去看那個喔」

「對啊　遇到人一起去」

「蛤　陌生人！？」

「對啊　一起坐電車去」

「那麼快？」

「遇到就去了啊」

「你這是缺愛ㄉ」

「對　缺　很缺」

「好玩嗎」

「還不錯　有療癒到」

「明天哩」

「應該就還是自己吧」

「問他啊　你後天才回來吧」

「也是　我來問問看」

「對了，明天去天橋立，你會想一起去嗎？」我就這樣非常突兀地開口了。

「其實我剛剛是有在想啦，不過票是不是滿貴的？」

「單程好像要三千多日幣。」

「所以就想說先把錢省下來，之後有機會再去久一點。」

「嗯，也有道理。」

「反正你暑假會來嘛，到時還能一起玩。」看來他不是隨口提提，是真的放在心上。

「也好，到時應該就是最後的療傷。」

「啊對了，我的站快到了。我應該會直接下車先回宿舍，明天再去出町柳牽車。」

「好啊，那就後會有期啦。」

「都加臉書啦，看你好像滿常發文的。」

「之後應該會分手文連環砲吧。」

「好啦，這樣也好，祝療傷順利。」

「剛剛多虧了你，讓我想通不少。」

「你這是在客套嗎？」

「真的有想通一些。」有發生的都是真的，我到現在還銘記在心。

「馬上就從不少變成一些了。」

「一些比不少少嗎？」

「好像差不多多。」

「希望下次就能帶著愉快的心情，生龍活虎地來找你。」

「這樣最好。」

「我好像下一站喔。」

「嗯嗯，我有聽到廣播。」

「這你也聽得出來？」

「不是跟中文的念法差不多差不多嗎？」

「那倒是。」

「啊你住哪啊？」

「京都車站附近。」

「你知道怎麼從出町柳過去嗎？」

「搭公車？」

「對，好像17路吧，我搭過幾次。不過也要搭滿久的。」

「好。你路上小心。」

「有什麼好小心的，一出站就到了啊。」

「真浪漫。」

「暑假來住看看就知道了。」

叮叮叮叮——電車穿過平交道，放慢速度，然後駛入月台。

「跟你下車好了，你那邊有公車到京都車站吧。」

「是也有啦。」

「想去你宿舍看看。」

電車停穩，車門打開。背包一抓，我們兩個人就一起下車了。

# 永觀堂

因為被雪覆蓋而只剩下形體可以辨識，和被光線和色彩所填滿而無法聚焦的視野，似乎就是一切事物的兩種極端表現。雖然都會讓人印象深刻，但正是因為極端的無法持久，這樣的瞬間才會被記住。

「你也太突然了吧。」車門關閉，電車駛離以後，我們站在原地，面對站名牌以及一整排廣告看版。

「就還不想回去啊。」

「不會太晚嗎？」

「出來玩嘛，怎麼會怕晚？」

「不會累喔？」

「我之前來，玩到十點是基本，看夜櫻、夜楓那些。」

「不愧是拼命的觀光客；不過不確定等下還有沒有公車耶，我先幫你查一下。」都忘記了，京都的公車也是很任性的，不像電車會開到半夜。

「好，謝啦。」

他一邊用手機幫我查，一邊往站外走。這座車站是很標準的郊區通勤車站，其實就只是在平交道旁的鐵軌兩側設了月台而已。不過這種車站也是最有生活感的一種，雖然隱身於街道之中，卻扮演著社區的出入口。我們出站以後，就有一間7-11駐守在旁；其他店家大多休息了，整條街非常寧靜。

「直達京都車站的末班公車，大概再半小時開，我們也不能太拖拉。」我們走到一個路口前，他如此跟我說明。

「很夠啦，我也只是想來參觀一下而已。」

「我宿舍就在前面而已，這條巷子裡。」

「感覺超安靜。」

「對啊，晚上九點就像空城一樣。」

「是不是整個京都都這樣？」

「除了車站和河原町那邊，其他都差不多吧，畢竟是古都。」

「適合生活。」

「還不錯。」

走進巷子以後，一棟龐大的建築映入眼簾；對面的建築也是另一棟集合住宅，俐落單調，和老屋新房錯落的大馬路上完全不同。

「宿舍就在這邊。」

「滿大棟的耶。」

「對啊，全校的國際生都住在這邊。」

「那有日本人住這嗎？」

「應該沒有。」

「啊我可以進去嗎？」

「可以啦，沒人會發現。」

走進門之後，就是一個空曠冷清的大廳，和普通住宅大廈沒什麼不同；不過確實有看見幾個路過的披頭散髮的學生，從這點可以看出宿舍的蹤跡。

「我住二樓，單人房，可以進去看看。」

「嗯嗯，看看日本宿舍如何。」

「比台灣的好太多啦！都不想回去了。」

「回去會不習慣吧。」

「一定會。」

我們走到二樓，走廊有點昏暗，長到看不見盡頭，雖然能感受到一點暖氣，還是會感到冷峻。房門推開，裡面就是一間完整的公寓單人房，玄關、床、書桌、櫃子、廁所，緊湊地排列於一個長方形的空間內。

「有點亂，住太久了。」

「還好啦，空間也算大。」

「然後裡面只有馬桶和洗手台，洗澡還是要到外面的共用浴室，應該是唯一缺點。」

「確實有點麻煩。」

「但浴室就有歐巴桑幫忙掃，其實也不錯。」

「也是。」

「啊對了，垃圾好像積有點多，等一下幫我倒一下垃圾好了，可以嗎？」

「嗯好啊，然後就直接去搭車嗎？」

「對啊，再送你去。」

他脫下外套後，直接坐到床上；我則坐在椅子上，轉向朝他的那面。我們待在房裡的時間，可能因為一時闖入一個私密的空間，所以不像在外面時聊得那麼暢快，反而開始聊起一些學校的事，討論他在這邊認識的外國朋友。我這邊竟也開始放鬆起來，很少再想到她的事。

「時間好像差不多了，我來把垃圾收一收。」他把垃圾分成兩袋，一袋是可以回收的，一袋是直接丟的。

「好啊。」然後我也站起來，開始穿衣服、背背包。

「有一個人幫忙提，真方便。」

「體驗一下日本日常生活啊。你在台灣的宿舍，應該也是公共區域垃圾桶直接丟吧。」

「對啊，這邊就是要走到外面的垃圾場去丟。冬天好冷，就一直拖。」

「辛苦你了。」

「那這袋就拜託你了。」他給了我比較小的那袋，然後隨手抓了另一件外套，穿著拖鞋就要往外走了。

「穿這樣不會冷嗎？」

「反正只出門一下，還好啦，習慣這種溫度了。」

「其實我也可以自己去公車站啦。」

「沒關係啦，你那麼特地過來，怎麼可能放你一個人。」

門拉上，我們循原路走出宿舍大門，沿著建築外牆來到一間在邊角的垃圾場。微弱的路燈照在棚子上，十足冷清。他先把他手上的資源回收處理掉之後，最後才把我手上的垃圾提走，丟進大垃圾桶。

「這邊的資源回收法跟台灣有點不一樣，我有些都亂丟。」

「無所謂啦，人生地不熟嘛。」

「很多外國人根本都整袋丟，哈哈。」

走出宿舍區後，街上還是一樣安靜，路燈的暗黃光線沒辦法填補漆黑的荒蕪，用蕭索形容也不為過。路上的建築多是獨棟街屋，可以從鐵門或玻璃上看到店家的行業和店名，吃的居多，還有一些補習班，不愧於「修學院」這個地名。

公車站旁邊有一個小公共空間，有一小塊腳踏車停車場，還有幾條長凳可以坐。我們先湊近顯示器看到站時間，確認公車還有幾站才會到，才往後面的長凳走去。

剛剛搭電車回到這邊時，途中就不再下雪了。不過這兩天，市區依然有很多牆角堆著積雪，大概是因為除雪時堆到一旁，又沒有太陽直射，所以融得很慢。

就在我準備要在長凳上坐下時，身上突然一陣涼意，啪——然後散開，在地上發出吱吱聲。我轉過頭看，他正在建築牆角那，手上拿著第二顆雪球。

「你最好不要坐，會很冰喔。」他一臉天真無邪的樣子。我仔細一想，零度左右的鐵長凳，確實不應該隨便就坐下去。

「這就是你提醒我的方式嗎？」

「好玩啊。」噗滋——這次好像又更大力了。

「這太不公平了吧，你完全佔據了先發優勢！」

「那你過來啊！」然後他又兩手各抓起一球，在我過去的路上向我砸來。

在我終於能摸到那堆積雪時，兩個人的攻守就非常激烈了。仔細想想，我的外套那麼厚，我才是真的佔了優勢吧。我們從優雅的一丟一接，變成倉促的短兵相接。已經分不出每顆雪球落下的聲音了，反倒是我們腳下的每一步，開始有著踩在碎冰上的清脆聲響。

「很兇喔！」

「要玩就要認真玩啊。」

「輕一點啦！」

「剛好吧？」

「看不出來你會這樣耶！」

「你也不差。」

雖然可能也才過個一兩分鐘，表面比較散的雪幾乎都被我們用完了；積在下面的已經結成冰，幾乎挖不動了。

「好了啦，車該來了吧。」我丟了一球砸到他的肩膀，好像太激烈了。

「好啦，和戰。錯過車就好笑了。」我們回到顯示器那邊，還真的已經顯示即將進站。

「好像要搭滿久的喔，不過在車上睡著也沒關係，終點就是京都車站。」

「車上暖氣那麼強，滿有可能會睡著的。」一台掛著明亮燈箱的大型車接近，應該就是那台了。

「車來了。那就後會有期啦，再聯絡。」

「嗯，好好享受京都。」

「我要好好跟你學習。」

上演隔著車窗揮別的劇情大概就太矯情了，所以我選了右邊的座位。不過他也沒那個意思，我一上車就馬上回頭離開了。

我對夜晚的京都，還算熟悉。賞櫻、賞楓期間，這些著名景點都會有夜間開放時段，通常是到晚上十點。玩到最後一刻，再回到住宿地，大概也就是現在這個時間了；有時候，整趟行程的高潮就在晚上。美麗的風景，在晦暗的夜裡更耀眼。

好久沒那麼開心了。一跟他分開，就又不免想起之前的事情，像這樣快樂的時光。

上了公車，想了解一下這班車的行駛路線，就用Google Maps稍微看了一下。修學院在京都的北邊，京都車站則在南邊，這班車一路切著市區東緣，經過哲學之道、東山，來到熱鬧的河原町、祇園，最後才抵達終點。這樣搭下來，幾乎是又複習了一遍京都的精華區。

末班公車，和外面駛過的道路本身一樣蕭索；乘客很少，經過站牌也只是看見燈光呼嘯而過，幾乎沒有換氣地持續行駛。這樣的場景和賞櫻、賞楓的盛況實在差太多了——猶記得去年秋天晚上九點多從清水寺出來時，公車站擠滿人潮，而公車也班班客滿；人們總是對口耳相傳的美景趨之若鶩，但是真的要長存心中，講究的是看見的時機和觸發的心境。

過了哲學之道之後，有一個停靠站是「南禪寺永觀堂道」。永觀堂的夜楓正如其名，看見就會永遠記住；一看見站名，紅葉與倒映的斑斕畫面就立刻浮現腦海。雖然遊客很多，雜沓的氛圍竟也能完全被拋到腦後，使人達到心遠地自偏的境地。

永觀堂的範圍不大，夜楓的精華在於中央的水池，佛堂則列於水邊一側。池上有一座起伏不大的石拱橋，在水池的另一頭有一座亭子，從窗外平望過去，就是永觀堂的經典風景——如果鏡花水月在現實中可以存在，也不會超越眼前的場景。

沿著寺內的步道繞一圈，在眼睛被射得幾近暈眩之餘，還能注意到每一盞燈，從角度、顏色到位置，為了襯托出樹形、葉色，其實都是經過刻意設計的。眼前的橙黃橘綠，是在一點一滴的精密佈局下，打破自然，再佯裝成自然——並沒有什麼事情是自然而然的。

那時正是我們最投入的時候，對於所謂的「永遠」，感觸特別深。這樣的風景真的會被永遠記在心中嗎？在感情的世界裡，永遠到底是自然而然，還是精心佈局的結果呢？要有多少自信，才敢保證永遠呢？

其實我很清楚，在她能說出永遠時，我壓根沒有想過永遠。

清水寺是另一個夜楓的聖地，所以秋天那次到訪京都時，白天去了一次，晚上又去了一次。還在山下時，就能看到從山上射出的一道青色光束，在市區方向的夜空中消散；那道光到底代表什麼呢？我到現在還是不清楚。

晚上和白天的參觀路線一樣，因為已經來過幾次，哪邊好看、哪邊還好都已經心裡有數。到底點燈之後會有多好看？我和旅伴在去之前，一直抱持著這個疑問。

其實，光是點燈後的建築本身，就已經光彩奪目。光線均勻、柔和地照在佛塔的朱紅和樹梢的楓紅上，在黑暗中婀娜多姿、一氣呵成，劃出一道綿長的軸線，再透過直射的光束延伸到更遠的地方。

由於清水寺建在山丘上，步道和楓林不在同一個高度，離光源更遠，走起來不刺眼，視線比其他地方更舒適。下到山丘底部，同樣有一座水池，雖然面積比較小，但背後緊貼著的佛塔，讓視野更加緊湊；幾乎所有美麗的事物，就這樣擠入眼簾。如果說永觀堂的境界是鏡花水月，那這邊就離極樂淨土，又更近一點。

「怎麼可以那麼美？」在這座水池邊時，旅伴感嘆道。
「你說這邊嗎？還是全部？」
「全部。從踏進清水寺開始。還好有來。」
「真的很誇張，美到有點不真實。」
「不過為什麼要弄得那麼美啊？」
「讓人記住吧。」
「所以美麗的東西，都會讓人記住。是這樣嗎？」
「關係好像是倒過來的喔。讓人記住的東西，都是美麗的。」

那一夜，我們也一樣是在學校的水池邊。因為聽說那天有著近幾年最大最圓的月亮，所以名正言順地邀請她，出來到水邊賞月，如此一來目的地就非常明確了，找個能看見倒映的水面，總不會出錯。

我們很少如此盤據那麼公開的地方，但為了看月亮，那次就選了水池中間的平台。我們坐在平台上的木椅，在蛙鳴蟬噪的相伴下，從月亮聊到一切瑣事。那天是不會過於寒冷的晚秋，稍微一有風襲來，兩人就會靠得更近。坐累了，就站起來走動一下，倚著欄杆凝視彼此。

如果凝視久了，要嘛眼神渙散，要嘛變成直瞪。忽然之間，覺得這樣下去也不是辦法，於是就直接把頭湊上去，兩邊彼此抵住額頭，視線向下看著對方。這樣就既不必逃避，也不會互盯了。

看見的美是一回事，不過真正的美，是看不見的，而是因為想要、想實現、想記住，才衍生出的不同的美的形式。當那個美的瞬間到來時，心理感受到的踏實，比之前遇過的所有事都更堅定。

嘴唇碰下去的時候，其實還有點害怕；但是彼此是否互相歡迎，卻也是那個瞬間就知道的事。那是我第一個有意識的吻，也是在和她的感情中，我第一次主動跨出去。明明是個什麼都想要事先確定，深怕出錯的人，為什麼那時會把這些全都拋到腦後呢？

「好了啦！」雖說一邊在計算著秒數似乎有點太機械了，但好像真的滿久的了。她終於鬆開嘴巴，回到剛剛的對望姿態。

「好，該換氣了。」我剛剛腦海到底都想了些什麼呢？似乎真的就是在呼吸和數秒數吧。

「你技術滿好的嘛，該不會不是初吻吧。」她揶揄道。

「是你帶著我走啊。」我在碰下去之前，從來沒有想過舌吻會是什麼情況。現在懂了。

「好啊，你根本不想是嗎？」

「欸欸！怎麼可能！很美，會記住一輩子。」說完這句話，我們再次在月光下相擁。我終於知道了，什麼會是永遠。

「什麼意思啊？你剛剛說的。」我們離開清水寺的水池，繼續沿著步道離開園區。他在路上接續著問。

「美是重要性的問題吧。重要的事物就會想記住，想記住的事物就是美的。」

「這完全是一個戀愛中的人的發言耶。」

「確實是戀愛心得吧。」

「你該不會又和她做了什麼吧。」

「確實是有。」

「你們就已經那麼誇張了，還能做什麼？」旅伴興奮了起來。

「親了，而且不是普通的親，很重要。」

「夠了，細節我沒有很想知道。」

「我也是不好意思說啦。總之，美是重要性的問題。最美的風景會讓人想起重要的事物；被夠重要的事物附著，就會是美麗的風景。」

「所以你剛剛一直想到她嗎？」

「當然啊，想跟她來。」

「我道歉。」

「下次啦。但以後就是會先約她再約你吧。」

「正常啦。沒關係，放我一個人，我以後也可以自己來！」

「你如果要自己來，我絕對願意幫你安排行程。」朋友就做到這邊了。

下一次意識到公車的所在地時，已經來到橫跨鴨川的三條大橋，也是傍晚遇到他的地方。面臨河邊的餐廳燈大多還亮著，畢竟是京都的傳統夜生活聚集地。不過路上依然算冷清，碰到的車大多是高貴的黑頭計程車。

能和夜楓的華美相提並論的，當然就是夜櫻了。春天來京都那次，花了一個晚上，在鴨川、祇園、圓山公園一帶觀賞夜櫻。和楓葉不同的是，櫻花似乎更適合有人的地方，而不是楓葉適合的山水庭園，畢竟生活感才是櫻花令人感到親切的關鍵。

那也是我第一次親眼見到鴨川的空隙。四月雖然天氣還稍微帶點冷冽，但在櫻花的相伴下，已經有不少情侶坐在河堤邊，隔水欣賞對岸堤上的櫻花道。只要在有櫻花的地方，不論是誰都能感受到幸福；我是直到鴨川邊，看見這幕，才終於確定這個事實。

從鴨川西側再往前一條街的距離，還有另一條平行於鴨川的水道，水道旁的木屋町通，就有非常標準的都市櫻花風景。一到晚上，樸素的路燈打在櫻花上，使淡粉色依然能夠顯現於黑暗，甚至比在白天紛亂的環境下，看起來更為飽滿。

當然，都市也不是都那麼樸素。這條水道兩側還有些到了晚上還燈火通明的辦公大樓或餐廳，當它們的燈光也一起蔓延到水道上時，整片倒映就非常奇幻了，比起夜楓的絢爛，夜櫻似乎更適合用糜爛來形容。

不過要比糜爛，還是鴨川東側的白川更勝一籌。白川在流入鴨川前，一樣是深入社區的狹窄水道，一側緊接著房屋，一側則是石板道，而櫻花樹就在水畔。由於室內的燈光、街燈和地面的石燈非常接近，當所有光線交錯於蔓延在水面上的櫻花樹時，原本的空間秩序和邊界，幾近消融，不再分得出事物的原形或位置。

「這太華美了。」旅伴那時如此碎念著。

「甚至有點刺眼。」

「這是刺眼嗎？」

「頭暈目眩吧。」

「華美得頭暈目眩。」

那樣的夜櫻風景，和這幾天看的雪景，感受上幾乎是完全對極——因為被雪覆蓋而只剩下形體可以辨識，和被光線和色彩所填滿而無法聚焦的視野，似乎就是一切事物的兩種極端表現。雖然都會讓人印象深刻，但正是因為極端的無法持久，這樣的瞬間才會被記住。

公車不知不覺，從河原町通轉到四條通，也就是京都最熱鬧的地方，不過這個時間點，已經和其他地方一樣冷清了。這條路反方向的盡頭，就是八坂神社和圓山公園；或許是先有神社，市區才隨後發展而成。

春天那次，我和旅伴雖然對逛街沒什麼興趣，還是意思意思地走了一趟四條通，從鴨川河畔走到終點八坂神社，就是為了一睹神社後方圓山公園的枝垂櫻。那天天色已沉，又才剛看過御苑的枝垂櫻，我們抱持著說不定會審美疲勞的心理準備前去，結果一看見，就知道我們多慮了。

我們雖然已經在京都御苑看過櫻花下青春洋溢的聚會場景，但是圓山公園裡夜夜笙歌的景象，再一次顛覆了我對櫻花的觀感。公園中央有一棵氣勢非常磅礡的枝垂櫻，像是一生年復一年，在帶給這座城市歡騰的同時，越加茁壯，直至衰老，卻依然傾力綻放。

這棵枝垂櫻和其他夜櫻勝地不同的地方在於——所有光線集中在同一棵樹上，沒有多餘的雜訊，照出花瓣的秀嫩和枝條的曲折，顯露出新花和舊枝的強烈對比。枝垂櫻周圍的空地，則成為戶外居酒屋，日本人也只有在這種場合才會原形畢露。杯觥交錯、飲酒高歌，好像平時不能做的事情，在夜裡，在櫻花樹下就都無所謂了似的。

「太嗨了吧。日本人這樣太浪費櫻花了吧。」我對旅伴說道。

「但是日本人還有其他場合可以如此鋪張嗎？」

「好像只有這種最美、最混亂的時候，才有辦法放縱自我。」

「不過枝垂櫻這樣在一片混亂裡挺身而出的美，好像更耀眼。」這麼說起來好像有點道理。

「辛苦它了。」

原來，真正美麗的事物，周遭再混亂，也不會因此失色。在混亂中，重要的事物反而才會浮現出來。

# 天橋立

這樣的風景，和前幾天在京都看見的靜止的景色，完全不同。飄盪的雪片、推移的霧氣、搖晃的海面、隱現的建築——如果這是朦朧美的極致，那這樣的朦朧，並不是因為模糊而美，而是出於不同事物在同一個時機凝聚一地的珍貴。

後來下公車時，已經非常疲憊了。在半睡半醒之間，剛好看到手中的地圖定位顯示還有一座離青年旅館更近的停靠站，所以提早下車。結果末班車上的人也不少，看起來有一些是還要到京都車站轉乘終電的上班族。

拖著玩了一整天的身體回家，意識不清地隨便洗了澡，調好鬧鐘，隔早又是要趕路的一天。為了繼續看雪，我最後這個整天要北上到日本海側的丹後地區，也就是天橋立的所在地；稍微看了一下氣象預報，積雪量已經達到十幾公分了，當天也會繼續下雪。相較之下，這兩天京都乾爽的天氣，正在快速消融市區的每吋積雪。

丹後地區雖屬京都管轄，但離京都市區非常遠，中間隔了一座山，兩邊分別是太平洋側和日本海側，就算搭特急電車也要一個多小時才能抵達。那邊雖然有著「海之京都」的稱號，但從京都到大阪的海邊，不過也就是半小時的車程。

不過如果是為了看雪而去的話，這點車程並不算什麼。我稍微查了一下，前幾天那段鐵路都因為大雪而停駛，想去還去不了。隔天終於原則復駛，只是不排除臨時取消；管他那麼多，先上路再說。

特急電車上乘客非常少，畢竟是個寒冷的平日，去海邊也只能受冷風吹的苦，沒有看見其他像是遊客的人。我在自由席坐定後，先向旅伴報告一下今天的行程，他剛好就在線上。

「今天要去天橋立」

「那是不是很遠」

「對啊　剛上車　要搭一個多小時」

「啊昨天好玩嗎　陌生人的部分」

「還不錯啊　還去他宿舍看了一下」

「是喔　男的還女的啊」

「男的啊」

「他現在沒跟你去吧」

「沒　我自己　他說太貴」

「QQ　又要當孤單男子了」

「還好啦　感覺快走出來了」

「那麼順利!?」

「昨天玩得滿開心的吧」

「這樣很好」

說完之後，我隨手傳了幾張窗外的街景照，這邊剛好是高架路段，視野不錯，路過車站的月台上有不少在等車的上班族和學生，和這班出城的特急電車形成強烈對比。

因為前晚也睡不多，再加上厚重衣物和車內暖氣的包覆，我很快又開始打盹了。等下次再睜開眼時，窗外又是一片雪地風景——稀疏的房舍散佈在狹窄的山谷田園裡，地面積滿帶著波紋的整片白雪，被日光反射得刺眼難耐。透過窗戶一瞥閃過的車站月台，可以看見為了清出走道而被堆到一旁的積雪，只有在看樹叢和山巒時，還能看見一點色彩。

在這樣的情景裡，風景幾乎不再有意義；原來真正的大雪降臨時，就沒有美的問題了，只剩令人束手無策的荒蕪。電車持續在山谷裡蜿蜒前進，不斷和公路、河道交錯，卻完全沒有辦法真的把風景記到腦海裡，就像雪地本身，一片空白。

最近偶爾會有感受到這種令人無力的空的瞬間，次數越加頻繁，也就漸漸習慣了。年假在西班牙時，雖然確實能察覺到，有什麼東西已經和之前不一樣了，但因為還不想去接受，所以就只能假裝是一片空曠，就好像再雜亂無章的大地，被雪覆蓋過去，也是一片潔白。

「我有一件事要跟你說」收到這則訊息時，是前不久某個下午在西班牙的火車上時，換算台灣時區，大概是睡前時間。

「不能現在說嗎」那時對這個結局是不是已經如此肯定，我現在已經沒有印象了。

「不好啦　要當面說喔」

「就那麼慎重嗎？」

「對　很慎重　><」

「我現在在火車上無聊啊　不如就現在說」

「哼　你就繼續玩你的啦」

「幹嘛這樣　我很想你」發完這則訊息後，她沒有繼續說些什麼，只回傳了一張已經被我們濫用了的貼圖。

雖然在西班牙那時的窗外並沒有雪，但內心的荒蕪程度卻不相上下；現在回想當時的不知所措，未免顯得過於天真。其實就是非常簡單的一件事，卻終究沒辦法舒坦地面對，搞得好像其中必有蹊蹺，一定要一探究竟似的。

不過每次腦海中縈繞著這些想法時，又會回想起當時她所說的「永遠」，有多誠懇堅定。這兩件事難道不是相違背的嗎？直到這個時候，我還是無法理解；想不通就假裝在看窗外的風景，雖然也只剩一片白。

要到天橋立，中間要轉一次車，所幸要轉的車也有行駛。接下來這趟車是觀光電車，內裝特別、座位舒服，不過跟剛剛一樣，實在沒有觀光客會在這個時節往海邊去。

接下來這段路程長隧道更多，就算能看見穿插於中的風景，也是和剛剛一樣的整片白雪；而進到隧道後那具包覆性的震耳欲聾的行駛聲，又更讓人心煩氣躁，直到終點站前終於與海平行的路段，才令人放下戒心。

天橋立是日本三景之一，不過附近還有另一個名聲響亮的景點——號稱「日本最美漁村」的伊根；要到伊根，還要從天橋立再搭快一小時的公車才能抵達。出站之後，馬上就被鋪滿地面的厚實積雪給嚇著，站前階梯是非常勉強才清出一條通道，公車站牌也被比膝蓋高的積雪包圍，公路邊緣則是冰水交融的汙泥，一片狼藉。

比起前兩天京都市區的唯美雪景，這才是雪地的真實面貌吧，每一刻都是寒冬的掙扎。公車到站時，開得非常慢，或許還是有打滑的風險；只有在這種情況，日本的公車才會稍微誤點，得多等幾分鐘。公車一路沿著海岸線行駛，沿著海灣繞過天橋立沙洲；分明是海卻每一面都能接著陸地，視覺上更像一座大湖。

正式在一起的那天，在那個幾乎已經冷到像是冬天的秋末時光，我們依然不畏寒冷地到海邊晃蕩。告白之後已經又過了一個月了，都能一起走到今天了，還會有什麼問題嗎？

「所以，你有要告訴我嗎？」傍晚雲層變得很厚，原本期盼著的夕陽完全沒望了，正當我們要走回公車站的路上，我終於鼓起勇氣開口。

「告訴你什麼？」

「你在裝傻嗎？」

「什麼啦！」

「就是那個啊，我們約好今天會有答案的吧。」

「吼！還以為你忘記了哩。」她終於停下腳步，停在一個可以看到一點海的轉彎處。

「我怎麼會忘，今天來不就是為了這個嗎？」

「所以你是不是根本不想跟我出來玩！」

「沒有啦！但是就……很在乎嘛……」

「哼——算你會凹。」

「我要開始了喔，我的台詞。」

「什麼啦！還有台詞？」

「當然啊，怎麼可能讓你那麼潦草！」

具體說了什麼，我竟然就這樣忘掉了，可能已經被我歸類在不想記住的回憶了吧。仔細想想，當時也一定只是把該說的話，加上一點可以讓整段話變得更誇張的點綴，實際上終究是段對誰都講得通的普通情話而已。想起來似乎還真的沒有什麼特別的，只是覺得講了她會喜歡，所以就講了。

「我很麻煩喔，你真的要我嗎？」沒想到我講完之後，她回的第一句話是這個。

「很麻煩？」

「會無理取鬧喔！」

「會很無理嗎？之前還好啊。」

「那是因為還沒在一起，才會客氣的啊。」

「儘管來吧，只要能在一起，沒有什麼是真的麻煩的事。」說完之後，她害羞的低下頭來。

「好啦，那就試試看吧，我不會客氣喔。」

比起那時的北海岸，這條路似乎比較筆直，幾乎貼著海岸，對岸還能看到另一片陸地；只是天色淒厲的程度，跟那時返程時晦暗的樣子，好像有幾分相像。

我提前在碼頭下車，準備搭遊覽船參觀伊根，因為這座漁村著名的是臨海而居的「舟屋」，從船上才能見到最經典的風景。碼頭周圍一樣荒涼，但今天一路下來，倒也漸漸習慣這樣的冷寂；猜忌著遊覽船會不會根本沒營業，拉開候船室的門，聽見櫃台人員熱情問候，才又像是回到現實世界。

和我一起搭船的，還有另一位中年男子，在這個時間點獨自出現於此，或許也是有著什麼故事的人。船發動之後，擴音器開始播放再也沒有停下來過的導覽詞，與馬達聲一起把應有的靜謐塗抹成一團混亂。出航途中，海鷗也加入這場混戰，穿梭於快艇四周。

上船之後，我一直坐在甲板上觀賞風景；中年男子突然走出來，手上拿著一包類似蝦味先的蝦餅，站在船緣，開始向空中拋出——原來這就是海鷗靠近船隻的理由。他很快把整包用完之後，又回去船艙內；我後來也學他，進去買了一包出來體驗，但是直到最後依然不敢像他一樣，偶爾把蝦餅直接握在手裡，讓海鷗在一瞬間從手中叼過，然後離去。

遊覽船和海岸約莫保持著相同距離，沿途一直能看到岸上成排的木造舟屋，後面襯著稍顯灰暗的山丘，向海的這面則停著漁船。山丘上森林的積雪都已經融化了，不過建築物和少數空地，依然積了厚實的雪，在海面上倒映出灰沉的霧白，和微弱的日照連成一整片黯淡的波光。

在海上繞過一圈漁村，準備回到碼頭時，山頭上的濃霧竟然開始飄移，漸漸罩住海岸邊的聚落，也算是看見了舟屋風景的不同姿態；下船之後，往聚落的方向走了一段路，竟然開始下起雪——原來在船上看見的霧，就是這般絲絲細雪。

這團霧不只是雪，風也開始颳了起來，我任性走進路過的第一家食堂，躡手躡腳地走上二樓，非常幸運，竟然也有營業。一位和藹的歐巴桑帶我到面海的落地窗邊入座，一時之間，我根本沒辦法專注在菜單上——在窗戶外的是看得見每顆雪粒的濃霧，以及隔著海灣被籠罩於濃霧中的舟屋。我趕緊從菜單裡挑了一份最普通的定食，匆匆拍了幾張照，便放下手機，開始觀賞窗外的風景。

這樣的風景，和前幾天在京都看見的靜止的景色，完全不同。飄盪的雪片、推移的霧氣、搖晃的海面、隱現的建築——如果這是朦朧美的極致，那這樣的朦朧，並不是因為模糊而美，而是出於不同事物在同一個時機凝聚一地的珍貴。

「你不是很想知道我喜歡誰嗎？」我們後來又一次到離學校更遠的山丘上看夜景時，我終於下定決心，隨口一問。

「對啊！超好奇的！」

「看在今天夜景那麼漂亮的份上，就讓你猜吧。猜到會承認。」我以為這樣已經夠明顯了。

「欸！啊我這樣是要怎麼猜啊？完全沒有線索耶！」

「我和你都知道的人。這個線索夠限縮了吧。」那天的夜景確實特別明亮，空氣和視線都很清淨，每棟大樓的燈，幾乎都以原本的亮度照進眼中。

「猜不到了啦！」連我都已經在幫她想還有沒有漏掉的共同朋友。

「所以哩？為什麼會猜不到？」

「你該不會只是在玩弄我吧，其實根本從頭到尾都沒有這個人！」我都開始懷疑這是真的傻勁還是假的做戲了。

「我有那麼惡質嗎？你再仔細想想吧，還有一個你漏掉的。」

「不會吧……」

「就是吧……」

「你幹嘛這樣啊……」

「我就是喜歡你啊，竟然猜不到……」

「我也沒有覺得你一定要現在給我一個答復還是什麼的啦，你就先聽聽就好。總之，就讓你知道了喔。」安靜了一陣後，我也不知道該怎麼辦，只好將就打個圓場。

「好啦……好尷尬喔……吼——幹嘛跟我講啦！」

「從頭就是你說要猜的吧。」

「啊我怎麼知道！」

「反正就是這樣啦。」這樣算是奸詐嗎？應該還好吧。總之，在那之後，我們確實也展開了，大部分情侶都會有的那段最幸福的曖昧期。

上菜的時候，那團霧已經通過窗外，視野回復成剛剛搭船時樸實無華的樣貌。定食的每樣菜都能感受到海鮮的鮮美——鯛魚經過水煮後，漬以甘甜的醬油，章魚和蟹肉也是簡單川燙，以清爽的形式呈現；這大概是這趟最精緻的一餐。

飯吃著吃著，不免想要滑個手機。之前的旅伴剛剛就已經在問我今天玩得如何了，我照例先po

幾張剛剛的照片回他。

「我滿足了　我可以回台灣了」

「這太美了吧　根本跟雜誌上的照片一樣」

「就是那麼美吧　而且那是在一家餐廳的落地窗拍的　食物好好吃」

「夠了　你這是在炫耀」

「我大老遠來　總可以稍微炫耀一下吧」

「吼　我以後再自己去」

「我也願意再跟你來　這個地方可以來很多次沒關係」

「啊等下還要去哪」

「就天橋立啊　早上還沒去　而且其實滿冷的　趕快看一看就回京都了吧」

「今天是不是最後一天了」

「對啊　真的夠了　別無所求」

「好啦　不打擾你」

「待會再傳照片給你看」

吃飽以後，估算一下時間以及外面的溫度，也就沒有再繼續往聚落的方向走了。回天橋立車站的公車站牌就在餐廳門口，歐巴桑還示意我，可以先在一樓屋簷等，看到公車再走出去即可。

我在回程公車上開始昏昏欲睡，畢竟已經沒有來時的新鮮感，雪也不知不覺停歇了。回到天橋立後，想著還是要看一下所謂「在天空中立起的一座橋」的風景，於是搭了纜車上到觀景台，在最著名的橫椅上，彎下腰，從胯下體會這片有趣的錯位景色——沙洲從底部撐起陸地，一路連到自己的腳下，平常習慣的天地之別，似乎真的不再清晰。可惜沙洲樹冠都已融雪，只剩冬天的蕭索，不見雪日的肅穆。

雖然有著「三景」的頭銜，但不知道是不是因為季節和天氣的關係，這邊的風景並沒有到令人驚艷的程度。海邊畢竟是屬於夏日，冬季的沙洲只顯得如風中殘燭。

在離開天橋立前，還是先從車站散步到附近的佛寺稍微祈禱一下，雖然已經快不知道還能說些什麼；之後再走過一座橋到天橋立的起點，眺望沙洲上綿延的松樹林。除了步道以外，周圍的雪還是積得很厚，但海面卻又異常平靜，不動聲色，形成強烈對比。

唯一稍微有動靜的就是在海面上盤旋的海鷗，偶爾飛過，也不知去向。最後，我完全提不起繼續前進的精神，愕然回頭，往火車站前去。在車站對了一下時刻表，決定不要循原路回程，而是接著搭一段臨海的鐵路，再轉回京都的方向。

這班普通車只有兩節車廂，座位可以自由翻轉成朝前或朝後，但大部分的人入座後都會轉為順向，只有零星座位沒人動，使得整節車廂看起來有點混亂。電車出發後就幾乎貼著海岸線行進，伴隨著行駛聲的海岸風景和公車上感受到的畢竟不同，天氣似乎也好轉了一點，能看到岸邊層層遞進的浪花。

後來，陽光終於真的從雲層間透出，照在平滑的雪地上，再一路射入車廂，形成一整組刺眼的三角光束。其他乘客都把窗簾放下了，只剩我還執意想讓自己的眼睛灼得暈眩，把握這最後的雪景。

這個傍晚過去之後，明天回到京都、大阪，上飛機前就幾乎不會再看到雪了。我想起了開始交往那天，原來還有那段被我遺忘掉的插曲。

「你……你怎麼了啊……」明明已經答應要在一起了，她卻變得越來越鬱鬱寡歡，這不是很奇怪嗎？

「沒什麼啦。」

「一定有什麼吧……你要說喔，說了才能解決喔。」她說完之後，我停下腳步，讓她也跟著停下來。

「你看不出來嗎！你感覺不到嗎？」她終於抬起頭，指了指自己的眼角。確實是泛淚的狀態。

「不要哭嘛……哪有人才剛在一起，就哭哭啼啼的。」

「你要想為什麼啊！」

「我剛剛什麼也沒做啊？」

「屁啦！我們剛剛做那麼多事！說過那麼多話！」到底是傷心的情緒還是憤怒的情緒比較難解決，我開始感受到困難了。

「剛剛？那很久以前了吧？」

「不管啦！你自己想啦！」

她決定繼續往公車站牌前進。我糾纏於此也不對，就此放棄也不對，只好邊走，邊求她讓我知道是什麼原因。

「你自己想想你剛剛說過的話！」

「剛剛？告白時？」

「對啦。吼！還要我說！」

「我剛剛就是先說了……『和你相處讓我更放鬆很投入』，然後說了『希望可以一直在一起』，就這樣啊！」

「你漏掉了！中間！」

「中間？呃……『雖然可能不會走到最後？』」

「對啦！反正你根本就沒有想跟我永遠在一起嘛！那算啦！」原來那句話會有這個意思，我完全沒有意識到過。

回京都的路途要轉兩次車。第一次轉車在月台上等車時，天色已經幾乎全黑，也就沒有看雪景的機會了。轉上特急電車後，在車上滑滑手機、傳傳照片，稍微放鬆就馬上進入打盹狀態，時間也是過得非常快，第一次醒來時已經在終點廣播了。

因為是輕裝入住青年旅館，行李稍微花了半小時整理了一下，隔天起床收一收就能馬上出門。

下午的飛機，早上就慢慢晃去機場，隨便找個地方吃最後的午餐，就要告別冬天的京都了。

「要回去了　QQ」睡前，我一樣發了訊息給之前的旅伴寒暄一下。

「所以下次什麼時候要去」

「那麼明顯嗎」

「啊你不是要四季嗎」

「夏天還會再來吧」

「希望我能跟去」

「可吧」

「我有說過我之前是怎麼告白的嗎」決定也針對剛剛想到的事情討論一下。

「大概有吧　那時也沒認真聽啦」

「……」

「告白時說　雖然可能不會永遠在一起　很怪嗎」

「這是一個不能說的事實吧」

「事實卻不能說嗎」

「只有白目會說吧」

「看來我是白目」

「可憐」

「回去再約見面吧」

「你很需要吧」

「於事無補吧」

「還是要擬定策略一下吧」

策略？要擬定的東西還真多，怎麼結束，怎麼接受，怎麼療傷。在歡心迎接交往的時候，還真的完全沒想過這些，沒想到來得那麼猝不及防。

# 糺之森

從樹頂到地面，視線所及都是黃紅交雜的葉片，在周遭涓涓流水的細膩聲響下，塑造出既輕巧又莊重的時空氛圍，直到大殿終於映入眼簾時，身心已然豁然開朗。

「嗨嗨　還記得我嗎」把那些事處理到一個段落後，我馬上就開始規劃夏季的行程。我挑一個他在線上的時間，先這樣跟他搭話；好久沒有在對話框和不熟悉的人開啟新話題。

「嗨　就是那個嘛」

「看來是記得」

「應該是一兩個月前　我和你在鴨川的某座橋上遇到的吧」我雖然也有點不確定那座橋的名字，但那時的風和光仍非常清晰地浮現於腦海。

「嗯對　後來還一起去了貴船」

「喔喔　想起來了　怎麼了嗎」

「就我有跟你講過嘛　夏天還會再去京都　現在正在看機票」

「還有一段時間耶」

「機票早買比較便宜啊　而且現在需要用規劃行程洩憤」

「對吼！」

「對吼什麼……」

「想起來你那時是不是快失戀　還是怎樣」

「差不多意思啦　總之告一個段落了」

「好吧　趕快來散散心」

「你大概何時方便？你應該也有放暑假吧」

「大概7／20放假吧　你那之後再來應該比較好」

「好呀　我那時也OK」

「嗯」

「對了　那可以住你那嗎」其實這才是這串對話的唯一重點。

「喔喔　可以啊」

「這樣我可以去久一點」

「好啊　有人陪一起玩也好」

「在那邊應該交到很多朋友吧」

「好像也稱不上很多　總之你過來不會麻煩」

「好喔　日期訂了再跟你說」

就這樣，我依約踏上這趟旅途；完成京都的四季觀察是我對自己的承諾，也讓上次的巧遇有個再續前緣的機會。不過也因為這樣，這次並沒有再約那個旅伴過去；「好啦，看在你是為了省住宿費的份上，就先不譴責你了。」他如是說。

這次搭的飛機是一早從台灣起飛，再加上暑假旺季，整座機場都鬧烘烘的，拖著幾乎通宵沒睡的身體，整個人處在一個半亢奮、半空洞的狀態。光是排隊check in就等了很久，終於輪到我時，地勤人員已經在叮囑，一定要一路直奔登機門，不然會拖到登機時間。

機場可能是清晨這個時間點全台灣最熱鬧的地方，看著人們興奮踏上旅途的歡騰情緒，雖然不免感到煩躁，但回想起自己第一次出國時的雀躍，倒也可以理解其中抖擻。一路排隊、過關、快速穿過悠哉前進的人潮，搞得滿身大汗，終於到登機門時，登機隊伍也還在消化中，還有一點時間可以喘口氣；搭了那麼多次飛機，已經學會在最後登機廣播時再加入隊伍即可。

其實這趟夏日京都的行程，去年就該來了才對，卻因為當時忙於社團活動，實在抽不出空，也找不到合適的旅伴一起來，所以才會一拖就拖過一整年。不過這樣也好，這次有人可以接濟，應該可以去到一些觀光客不知道的地方吧。

「我後天的飛機喔　提醒你一下」到底要不要密切地跟他討論這次的行程，我實在有點拿捏不了，只好在兩天前以這種點到為止的說詞試探他。

「哇　時間過真快」他也是很快就回覆了。

「我到京都後應該第一站先去清水寺　之後就任你安排囉」

「為什麼啊　清水寺應該人很多吧」

「因為我之前每次去京都也都是首先去清水寺　具有象徵性的意味吧」

「喔喔　也好　那我可以先在宿舍趕個報告」

「這樣我是直接去宿舍找你嗎」

「好像也是可以　反正你都來過了嘛」

「還是到時候再說？」

「對呀　看我後天報告寫得如何吧　希望可以順利」

「嗯嗯」結果我們還真的什麼都沒有決定，我就要這樣出發了。

上機之後，機上的嘈雜簡直是機場的延伸，明明是如此狹窄侷促的空間，卻也可以讓那麼多人如此振奮，這大概就是旅行的魔力。直到空服員廣播結束、開始滑行時，或許因為精力也消耗得差不多了，機上終於復歸平靜，準備迎接起飛。

起飛後，飛機只花幾秒的時間遠離陸地，然後就能在刺眼的朝陽下欣賞陸地上的埤塘與平直的海岸線。飛機一路貼著海岸線飛行，直到離開島嶼的最北端；途中最能辨識出來的地標是台北港和淡水河口，讓我想起當時回國後，硬拖旅伴去那一帶的沙灘散心的種種。

「這裡滿美的耶！我竟然不知道有這個地方！」我們沿著步道穿過河口紅樹林之後，來到那片沙灘。鮮明的夕陽就在遠方碼頭起重機邊準備直直落下，在海面上渲染出一束紅橙的光，從海水的邊緣擴散到整片沙灘，平順柔和。

「之前就是有在認真研究能去哪邊約會吧。」

「唉，感覺說什麼都能勾起你的傷心事。」

「啊我現在就整個人都很傷心啊。」

「好啦，乖，看風景，聽海。」

「哭的聲音，嘆息……」我不自覺地唱起了經典情歌。

「好了！好了！我道歉。安靜療傷。」

「發洩一下不好嗎？」

「你發洩不完吧。」

「所以你打算怎麼辦？」他接著說。

「還是要約她攤牌吧，難道就這樣不問不說，直到永遠？」

「好像也是個不錯的選項。」

「這不是我的路數吧。」

「不然你想怎樣？」

「要問到底吧。要狠狠地被拒絕、被分手。見面還可以挽留看看啊。」

「瘋了。」

「有點瘋。」說完之後，眼前正好有一台剛起飛的飛機；原來飛機航行的聲音那麼大聲，看起來很遠，卻能一路傳遞至此。

不過飛機上能聽見的航行聲就更大聲了，每次都想著眼睛一瞇應該就能入睡了吧，卻總得花一段時間習慣引擎轟隆作響。窩在狹窄的位子上半夢半醒之間，有次睜開眼時終於能從窗戶看見陸地，心頭不免揪了一下——是呀！還是回來了！不過因為幾乎整夜沒睡，實在太累，所以再下一次醒來，已經是飛機落地劇烈搖晃的時候了。

第四次來到這座機場，對設施和方向都已經非常熟悉，只是排隊通關的人好像又比之前幾次更多，實在讓人有點心煩。總之是要到了，趕快度過就是了，只能抱持這樣的信念，慶幸自己有先在台灣就買好不用兌換的車票，直接前往車站月台；在往京都的特急電車排隊標線卡好位後，先隨手拍個跑馬燈的照片傳給旅伴。

「這是在炫耀？」馬上就獲得回覆了。

「抱歉了」

「這是哪」

「機場的火車站啊」

「好多人」

「對啊　好恐怖　有點煩躁」

「啊你今天就會住那個人那邊嗎」

「之前是這樣說好的」

「什麼時候會和他見面」

「傍晚或晚上吧」

「真隨興」

「也不太好意思搞得非怎樣不可　船到橋頭自然直」

「這不像你」

「這是我的成長與蛻變」

「……」

上車之後，奔波一個早上，肚子當然已經開始餓了，只能等到京都車站時再來找東西吃；不如去吃上次吃的沾麵好了，那麼好吃的美食，在台灣可遇不可求。特急電車上因為都是觀光客，聽見的中文量，讓人有是不是根本沒出國的錯覺，還好依然有呢喃細語的日語廣播把人拉回現實。

我滑著手機確認待會去清水寺的路線，不過其實只是在打發時間罷了；已經走過那麼多次，憑直覺就能到得了。滑手機眼睛痠了就看一下窗外，天空不若春秋兩季時藍，或許是光線太刺眼的緣故；從工業區到住宅區，再到都市的風景變化也已經很熟悉了。原來新鮮感的消逝確實真的那麼快，一回生二回熟，三回以後都是真心想留下。

「果不其然」和她攤牌那天，結束回到宿舍之後，我馬上發了這樣的訊息。

「結果哩？她說什麼」那天晚上，旅伴不離不棄地等我結束，也算滿晚的了。

「就被分手了啊　相當果決」

「請節哀」

「哀很久了啦」

「你問了什麼」

「我就問為什麼啊」

「啊她怎麼說」

「說來話長耶」

「那你就簡單說」

「大概就是說　覺得我沒那麼喜歡她」

「蛤」

「蛤？」

「這樣還不夠喜歡喔」

「可能看不出來吧　做得還不夠吧」還是覺得有點委屈啊。

「不好懂」

「不好懂」

「在我看來你已經很多啦」

「我也覺得啊　還不夠喜歡嗎」

「真麻煩」

「真困惑」

「然後哩　你有辯護嗎」他接下去問。

「有啊」

「怎麼說」

「就說我多喜歡她啦　把她想得多重要啦　已經為了她做好什麼準備啦　這類的」

「然後哩」

「她就說　這些她都知道　這些都不是重點」我依然記得她當時這樣回答時，我覺得多莫名其妙。

「所以重點是什麼」

「她就說　你不懂啦」

「……」

「我還有追問喔　問她那之前承諾的算什麼」

「她怎麼說」

「她說　就變了吧」這根本就是在故意惹我生氣吧。

「這是新鮮感消逝的問題嗎」

「maybe」

「戀愛真可怕」

「那麼快就消逝殆盡嗎　我覺得我才剛做好準備哩」

「只能說　速度不同吧」

「大概吧」

「那你之後怎麼辦」

「看看吧」

「該不會還想復合吧」

「有點想耶」真是難以啟齒。

「幹嘛啊」

「戀愛畢竟是幸福的」

「可是已經被分手了！」

「我知道啊」

「還想死纏爛打？」現在回想起來，真的就是死纏爛打無誤。

「明明之前很順利的啊」

「唉　傻男人」

電車進入大阪市區的範圍，高樓大廈櫛比鱗次，甚至能在落地玻璃窗上看見電車的反射。電車在這一段路走走停停，幾乎不到一分鐘就會通過一站，轉進貨線通過偌大的貨場後，才又加快速度駛向京都。

「你到了嗎」他突然傳來訊息，言簡意賅、不假修飾。

「在去京都的特急上」

「喔喔　那快了嘛」

「你說你待會要先去清水寺是不是」

「沒別的計畫的話是這樣」

「好啊　看要不要逛完之後來京大看看　帶你參觀　然後吃學餐」

「聽起來不錯耶　還沒去過京大的說」

「你真的該來吃吃看」

「我懂啦」

「然後再帶你去一個神祕的地方」

「蛤」

「晚上你就知道了」

聽他這樣一講，興奮感又席捲而來，京都果然還是有我不知道的神秘景點，來個三次就自以為是達人，實在過度自信。電車開著開著，漸漸駛入另一片樓房，並開始一連串的各國語言廣播，大家開始慌張起來，離開座位，收拾行李，魚貫準備下車。

從機場直達京都的特急電車停靠在最靠車站正門的月台，下車向前走就能直接出站。一踏進車站大廳，仰望站體縝密的鋼骨構造，以及可以從大門窺見的天空，才真的有抵達的實感。不絕於耳的發車廣播、嗡嗡作響的手扶梯、來來去去的乘客人潮……自己明明只是這座城市的滄海一粟，這座城市卻能帶給每個人截然不同卻無比深遠的意義。

搭著手扶梯逐漸向上遠離平面的嘈雜，漸漸能感受到高樓層的強風吹拂。走進拉麵小路後，就連人比較少的店也得候位；挑了間以黑醬油拉麵為主打的店，湯頭還算特別，不是在台灣吃過的口味，但好像也稱不上驚為天人。

呼嚕呼嚕吃完之後，就依照剛剛查過的路線，來到站前的公車站。候車隊伍裡充斥著觀光客，人潮和賞櫻季時不相上下，還好上車後有占到一個後方的座位。京都市公車的座位很小，兩個陌生人坐在一起，其實會有點太靠近；但大家都是觀光客，好像就無所謂了。

之前正式在一起那天，我們是日落之後才搭公車從海邊離開。在路上稍微撫平她的情緒後，在公車上終於能靠近一點；可以靠那麼近嗎？心裡雖然這樣懷疑著，但為情勢所迫，就是希望她可以更相信我一點。

「真的很抱歉，我真的沒有意識到過，那句話有多傷人。」在她好像終於能好聲好氣時，我嘗試要跟她講點道理。

「唉，習慣了啦，反正你就很愛亂講話啊。」

「真的禍從口出。」

「但你就是真心這樣想吧。」

「該怎麼說呢？不是真心，但也不假吧，不能那樣二分。」

「說——人——話——」

「難道告白的時候就已經能夠確定是永遠了嗎？那樣說只是想表達『不論如何都沒有遺憾』，相當簡單的出發點吧。」

「所以你就是沒有信心啊。」

「有！我有！」這種時候一定要這樣回答吧。

「有信心就會永遠啊！」

「這樣講好像也沒錯。」

「我看你邏輯，也不怎麼樣嘛……」

「是，我思慮不周。」

「哼！讓我教你——永遠就是永遠！不要亂說話！」她終於有點提起精神，罵人畢竟是能帶來快感的。

「了解。」

那段路程有點蜿蜒，有時轉彎較急時，兩人不免會靠在一起，我們終於能相視而笑，就算直線前進時也默默相偎。

有不少人一起在清水寺下車，大部分的人在東張西望，我則直接瞄準方向，穿越商店街的人潮，突破試吃、廣告、拍照等各種障礙，直奔清水寺入口。暑假果然還是最恐怖的旺季，氛圍實在差太多，完全變成大型跳蚤市場，賣著大量複製的廉價紀念品和台灣夜市或許也有賣的小吃。

路過三年坂的岔路口時，我特地瞄了一眼那棵階梯上的櫻花樹，綠意盎然，非常蓊鬱，和春天時相比顯得非常不起眼，也沒什麼人替他駐足，倒是有一些走累的人坐在樹下乘涼。至於清水寺裡面，真的就是人山人海，實在很難放下腳步欣賞任何事物；一路走到清水舞台，眺望下方樹林，一樣是整片單調的翠綠，瞟過一眼就想離開了。

不過走得夠遠，直到能隔一段距離欣賞被樹林包圍的佛堂時，反而覺得這才是佛堂該有的樸素狀態；之前的櫻花、楓葉或雪景，只是一時的光鮮亮麗，但夏季的平靜飽滿，才能持續孕育出前進的力量。看來夏季就是以這樣沉穩的綠為基調，鎮靜人心。

走下坡來到瀑布時，看著正在排隊接水祈願的人們，心中不免感到不屑——這真的值得相信嗎？不過，仔細想想，我那時許願，倒也確實沒提到交往可以持續多久，下次會向神明說清楚。

離開園區的路上，我先是大步穿越人潮和店家，依往例在路口轉向三年坂，才終於有不那麼急促的感覺。拿起手機，拍下那棵現在看來相當平凡的櫻樹之後，才準備傳訊息給他。

「我現在準備離開清水寺喔　會太早嗎」

傳完訊息以後，我繼續前進，一邊等他回覆。這段路的店家商業氣息沒那麼濃厚，稍微逛逛買不起的工藝品和絲織品，也是打發時間的方法。第四次走過相同的路線，其實對路上每個店家和轉角，都已經有似曾相識的印象；相對來說，也就沒有什麼新鮮感了。

「好啊　那我就準備出門了喔」

我那時正好晃到路上一座掛滿彩球的神社，隨手拍個照片時，正巧看到他的訊息。這間七彩繽紛的神社其實每次路過都有看到，垂掛於佛堂的彩球上寫滿人們願望，充滿熱情與希望。

「你到京大是不是很快　要不要等到我上公車時再出門」

「嗯　這樣應該差不多時間」

「那我要坐公車到哪站　然後怎麼跟你約啊」

「我想想　我也不太常從那個方向搭公車耶」

「不然我自己看看　到那邊再跟你說　你再來找我」

「好啊　反正我騎腳踏車　很快」

「嗯嗯　待會見」

約好之後，我就馬上動身，往公車站去；想到公車站和公車上都會有很多人，還是得咬緊牙根出發。公車不出所料地相當擁擠，光是能上車就已經是萬幸，直到祇園那邊，才終於能好好站著看窗外的風景，然後發訊息跟他說已經上車了。

「我到了喔　京大正門前站」下車之後，我發了這樣的訊息給他。他已讀以後，並沒有馬上回覆；沒過多久，一輛腳踏車突然傳來急煞的摩擦聲，停在我的身旁。

「嗨！」我回過神來，跟他打了招呼。

「嗨！有點熱，滿頭大汗。」現在雖然已經接近傍晚，日曬卻依然強勁。

「辛苦你了，大老遠過來陪我。」

「不會啦，你才是大老遠啦。」

「這麼一說，好像有道理。不過你也準備要回台灣了吧。」

「所以要趁機玩啊，還有好多想去的地方沒去。」

「對啊，都還沒跟你討論要去哪耶。」

「我們就看著辦吧，我看你很多地方都去過。」

「畢竟是觀光客嘛，來這邊就是到處去景點。」

「所以就覺得你可以看看京大；大概也是少數我能帶路的地方。」

「嗯！我有經過過，但沒有進校園。」那間在寒冷的秋季以濃郁的咖哩飯撫慰了我和旅伴的咖啡廳，就在京都大學牆邊。

「什麼時候啊？」

「秋天時吧。」

「那個時候銀杏很漂亮！」

「銀杏好像真的比楓葉好看。」

「我果然也沒有比你多知道多少。不過就算是校內，那個時候也到處都是銀杏落葉喔。好像是到了那時候，我才開始感覺到日本和台灣的不同。」

「有四季就是不一樣。」

「真的，實在差太多了。好啦，先走吧，邊走邊聊。」說完之後，他雙手握著龍頭，把腳踏車轉向，準備出發。

「嗯，走吧。」

過了馬路之後，來到一條只有雙向各一線的馬路，不過人行道還算寬敞，看起來像是大學生的行人也不少。不出所料，我們開始談論那些事。

「我記得你上次來的時候，是不是失戀還是怎樣，一副很沮喪的樣子？」他劈頭就問。

「類似吧。」

「有點忘記那時是發生什麼事了。」
「就是覺得要被甩啦。也確實被甩了。」
「呃……遺憾……」
「還好啦，也差不多走出來了。」有嗎？我自己都有點懷疑。
「怎麼說？」
「就是，漸漸想通了吧。」
「這樣很好。」
「還行啦，確實有學到東西。」
「真的學得到喔。」
「對啊。愛情整件事，都跟原本以為的不一樣吧。」
「差那麼多喔，想知道。」
「啊！對吼！你到現在都還沒交往過吼！」
「對啊，比你可憐。」
「是嗎？我被甩耶！我才可憐吧！」
「至少你嚐到愛情的滋味了。」
「有是有啦，確實相當深刻，不過暫時應該也沒辦法有什麼新戀情了吧。」
「這麼嚴重喔！」
「不是嚴不嚴重的問題吧，就是覺得先這樣吧，休息一下，消化一下的感覺。」這麼想起來，這段時間確實是有放鬆一些了，但好像還不夠。

「感覺很漫長。」

「所以我才趕快出來玩啊，多製造一點愉快輕鬆的回憶！享受一個人的自由！」

「對嘛！沒事幹嘛戀愛！」

「真的！庸人自擾！還限制自己的自由！」

說著說著，我們抵達了京都大學的正門；門口非常小，和後方的廣場和大樓不成比例，似乎還保留著建校時的模樣。門內和門外有很多類似抗議布條的東西，「京大的人很會抗爭，什麼事件都會這樣表態」，他解說道。

進入校園以後，我們一起研究經過的建築各是什麼系館；不過，不論建築或景觀，好像並沒有什麼特別突出的地方，就是一片祥和的校園感。

「晚上只有這間學生餐廳有開，因為這附近是校外活動的地方。」他指著馬路對面的一棟建築說道。啊對，他有說過，要帶我來吃學生餐廳；我們好像只看了一小圈，就離開校本部了。

京都大學的學生餐廳雖然沒有之前去過的那間那麼明亮，但開放式廚房的菜色琳瑯滿目程度完全不輸，而且氛圍好像更熱鬧，更有大學的青春感。雖然大部分的食物都能一眼就看出是什麼，但因為有人可以協助翻譯，所以就問了幾樣搞不太清楚是什麼的奇怪食物，然後越拿越多。

吃飯時，我們就聊聊彼此在這段時間做了些什麼事。他參加社團，到幼稚園去陪小朋友玩，剛好能夠符合他的日文程度；我因為課比較少，沒課時就在學校打工，日子也算平順，就為了賺錢來這邊花。

「你說等下要帶我去的地方，是哪裡啊？」吃得差不多的時候，我提出疑問。

「就是最近在日文課老師介紹的一個期間限定的晚間活動。」

「什麼活動啊？」

「去了就知道了。不是我故作神秘喔，我老師也故作神秘，叫我們去就對了。」

然後，我們就像上次一樣，一人走路，一人牽著腳踏車，走過一條沒什麼車子，卻有很多行人來往的街道。沿途建築新舊交雜，華燈初上，居酒屋、咖啡廳、澡堂，從裡面傳出各式各樣的歡騰聲，洋溢著大學專屬的爛漫感。

經過我們上次也有經過的出町柳站後，我們過橋，往下鴨神社的方向去。

「我們是要去下鴨神社嗎？」

「這樣你也知道！」

「那邊不是有指標嗎？而且我其實去過，也是走這條路。」我指了指路口的指標。

「『ただすのもり〔tadasu no mori〕』，原來是這樣念。」他復誦了一次指標上面的假名。

「那個名字就連中文我也不會念。日文這點倒是很體貼，會直接把生難字的拼法寫出來。」

「你也不會念吼，平常實在不會用到這個字。」

「我猜是『球』之森。」

「來查查看好了，我也不知道那個字到底是什麼意思。」

那座森林是下鴨神社前的一大片原始林，在都市裡圍出一片寧靜的聖域；去年秋天的賞楓行程經過時，從樹頂到地面，視線所及都是黃紅交雜的葉片，在周遭涓涓流水的細膩聲響下，塑造出既輕巧又莊重的時空氛圍，直到大殿終於映入眼簾時，身心已然豁然開朗。

「是念『糾』耶，好像就是『糾正』的『糾』的異體字。」我們一邊走在參道上，他一邊查著手機，分享搜尋到的結果。

「意思也是那個『糾』的意思嗎？」

「類似吧，好像是『分辨』的意思，在和歌的時代就這樣用了。」

「京都的歷史實在太厚重了。」

「真的。」

這條下鴨神社的參道，和一般神社的參道不同，非常寧靜，幾乎沒有店家，就像是住宅區裡一條平凡的街道；在這個當下討論歷史地名，雖然好像有點附庸風雅，卻似乎是順其自然的結果，畢竟京都就是這樣的地方。

「所以，『糺之森』到底是要分辨什麼的森林啊？」

「好像又跟信仰有關，真複雜。」

「日本的宗教信仰傳說真的很難理解。」

「大概是『分辨是非』的意思吧；在神的面前放下戒心，看見事物的本性。網站是這樣寫的。」

「這要很有悟性才能體會了。」

「或許到了就能感受到吧。」

「可是我去年去時沒感覺啊。」

「你那時是不是正在戀愛？」

「這麼一說，那時好像是熱戀期喔，還買了下鴨神社的戀愛御守呢。」

「難怪，你那時應該充斥著幸福感吧，哪有什麼是非需要分辨？」

「那倒是，但現在應該很需要。」

「希望你玩完這趟之後可以好起來！」

「就拜託你啦。」

# 御手洗

大部分的人都走得很慢，一方面是抵抗水流，一方面是得守護手上的蠟燭不要落入水中。人們排隊把蠟燭點亮，最後就能到終點，把蠟燭插上燭台，像是把自己的心願定格於此，然後就肯定會實現。

中谷博
大井貴之
田口孝司

走著走著，終於看見下鴨神社的入口。他先把腳踏車停在停車場，我們才能徒步穿越「糺之森」，抵達下鴨神社的大殿；儘管日照微弱，還是能看出豐沛的綠葉，已經又長得足以庇蔭抵達前的最後一段參道了。淙淙水聲或許因為夏天水量更大而更清晰，光用聽覺也能感受到生機盎然，不愧是京都市區最大片的原始林。

現在是落日剛西沉的曙暮之時，從參道上穿著浴衣前來的男女們已能一窺祭典氣息，不過也有不少人像我們一樣只是普通觀光客，大家保持距離前進，不會太過擁擠，直到漸漸聽到嘈雜聲，看見參道兩側的市集攤位。

「很日本耶，跟動漫一樣的夏季祭典。」我不禁讚嘆道。雖然是四季行程的最後一季，但依然能夠有新鮮感，這就是季節的魅力。

「我也是第一次參加，之前都在忙學校的事。」

「要迎接暑假了吧。」

「對呀，一定要在回台灣前大玩特玩。」

「所以這場祭典到底叫什麼名字啊？」

「你真的不知道喔？」

「不知道啊……我幹嘛騙你……這次來真的沒做什麼功課。」

「這個祭典的日文是みたらし祭〔mitarashi matsuri〕。」

「我只聽得懂『祭』，跟沒說一樣……」

「你看到漢字就會知道是什麼了吧。」

「所以漢字是對到什麼？」

「『御手洗。』」

「嗯？那不是廁所的意思嗎？」

「念法不一樣喔。當作廁所時，是念おてあらい〔otearai〕。」

「日文真是夠了。」

「所以才會在日文課上被當成例子講解啊。」

我們兩個好像都對撈金魚和烤糰子那類的攤位沒什麼興趣，就繼續向前走，抵達大殿後，吊掛著的燈籠點亮四周，照出建築沉穩的朱紅；比起去年秋天來時的沉寂感，夏日夜晚畢竟是熬過一日燠熱後的清新爽朗。門框右邊釘了一片樸素的木牌，終於看見「みたらし祭」這幾個字，好像只是這座神社的尋常活動似的。

「所以，是『御手洗祭』嗎？到底是什麼活動啊？」我還是很想知道。

「如果從字面上的意思來看，應該跟洗手有關吧。真讓人好奇。」

「那邊有指標，好像往那邊有一個什麼體驗，先過去嗎？」

「好啊，感覺大家都往那走。」

雖然入口處有文字說明，但這種時候，只要跟著人做就對了。付錢領到一根插在竹籤上的蠟燭和一個塑膠袋後，就把鞋子脫掉放進袋子，順著坡道走進冰冷的流水裡，發現水漸漸淹到小腿處，才踩著沁涼的水把褲管捲起來。
「這個水也太冰了吧！」他首先發難。
「真的！太刺激了。」
「這大概是什麼祈福儀式吧。」
「消災解禍吧，我正需要。」
「也不錯啦！洗滌一下身心。」
「冰到透進全身了啦！白天不是很熱嗎？水怎麼那麼冰！」
「在森林裡的緣故吧。」
大部分的人都走得很慢，一方面是抵抗水流，一方面是得守護手上的蠟燭不要落入水中。終於踩到溪底後，信步從垂吊著燈籠的木拱橋下通過，來到點火的地方；人們排隊把蠟燭點亮，最後就能到終點，把蠟燭插上燭台，像是把自己的心願定格於此，然後就肯定會實現。
「在插上去之前，是不是要先許願啊？」他一派天真地開口。
「應該就是這樣的活動吧。」
「你許了嗎？」
「還在想耶，到底該把什麼願望在這個時候的這個地方留下——這個氛圍太神聖了。」
「不是來療傷的嗎？還會想戀愛嗎？」
「好像是吼。」要不是他提起，我還真有點忘記那些事了。比起當時的心亂如麻，現在腳底沁涼的水，實在更刻骨銘心。

「如果是跟喜歡的人一起來許願，就不用煩惱要許什麼願了吧。」

「不如就把這個當成願望啊。」

「感情果然還是大家最大的共同煩惱。」說畢，他閉上眼睛，雙手合十，許過願望之後，把蠟燭插上去。

「蠟燭很短耶！你再猶豫就要熄滅了。」他對我說道。

我看著眼前的蠟燭，大概已經燒完三分之一，確實是一根很細的蠟燭。回想起那段感情開始前的躁動，當時不就是覺得已經準備充分，還到處祈求能順利在一起嗎？結果在一起是在一起了，這才發現根本還有很多事情是自己從來沒想過的，就這樣跌跌撞撞，帶著遺憾結束那段關係。

既然如此，似乎也不必急著又許下這種躁動的願望，而是好好面對自己才是。我終於閉上眼睛，在心裡說出想對自己說的話，然後把蠟燭也插上去。

「結果你許了什麼願啊？」他邊帶著我往岸上走，邊提問。

「說出來會不會實現不了啊？」我決定不要太輕易地說出口。

「神秘耶。」

「實現了再跟你說啦。」雖然那是個我自己可能都察覺不了有沒有實現的願望。願望就是要許這種的，才能自己好好努力實現。

看著整排隨風擺盪的蠟燭，聽著人們輕快的言談聲，感受腳底逐漸習慣的水溫，心裡突然閃過一道樸實而堅定的平靜，如當頭棒喝想通了一些還沒辦法說出口的想法。與其說是想通，不如說是終於能開始好好思考了，這段時間所發生的事。

上岸之後，神社貼心地準備了休息區；我們坐在椅子上，讓腳慢慢晾乾。從旁人臉上的表情可以看出，大家都是興盡而歸，應該都好好許了接下來這段時間想要實現的願望吧。

「那你哩？你許了什麼願？」在椅子上等的時候，我就想說，不如換我來問問他好了。

「原本是想求個姻緣啊。不過看你那個樣子，還有偶爾聽其他朋友為情所困時的訴苦，就覺得戀愛好像真的不是一件容易的事，感覺有點負擔耶。」

「不是有點喔。」

「對吧，所以就許了保守一點的願望。」

「什麼啊？」

「就希望這段在日本剩下的日子能玩得開心。」

「感覺滿容易實現的。」

「許願就是要許好實現的，實現時才會開心啊。」

「好像有點道理。」

「所以你哩？我都說了，你也要說吧。」

「很難一語道盡耶，有機會再完整地跟你說啦，需要很多鋪陳才能好好說明。」

「吼！跟感情有關嗎？」

「算有關吧，有點像是那段感情的總結。」

「好吧，感覺確實有點複雜。這幾天要找時間說喔。」腳差不多乾了，我們就各自穿起鞋子，離開休息區。

雖然已經來過了，但這次是晚上參觀，點起燈之後又別有風貌，所以還是和他一起瀏覽了神社的主要建築。到處都有人在祈願，就算是夜裡也相當熱鬧，他在賣御守的櫃檯前停下，端詳了許久。

「你想買什麼啊？」我問。

「就看看啊，覺得應該帶一點御守回台灣耶，畢竟這也是京都的大社了，應該會靈驗吧。」

「我就不了。」

「你這是在賭氣嗎？」

「自己的問題不該怪給御守啦，而且那時回台灣之後也相處得很好啊。」

「不要裝了，語氣聽得出你的不屑啦。好啦，我還是不要買戀愛御守好了。」

「戀愛要靠自己！」

「要靠自己吼。」

最後，他買了學問、健康那類的御守，自用贈送兩相宜；我當然什麼都沒買，想當時買了一對，把其中一個送給她，現在還真不知去向。走出拜殿後，又經過那排攤販，第一次看見日本夏祭的攤販，仔細端詳會發現，那些食物實在不能跟台灣的夜市相提並論，於是只買了烤糰子，應景一下，吃起來甜甜膩膩的，也算幸福。

「剛剛那個很好玩耶，沒想到竟然是直接走進水裡！」我們走回糺之森裡的參道，要回到入口時，又聊起剛剛的活動。

「真的，得感謝你老師的推薦了。」

「日本人的把戲真的很多。」

「一方面也是文化傳承得很好吧。」

「而且都還滿淺而易見的。」

「要洗滌身心，就真的讓你泡在水裡。」

「仔細想起來好像又太直白了。」

「但所謂的信仰，不就是要直白才有說服力嗎？」我也真的因此而感到些許不同了吧。

回到入口之後，我們分別查了一下地圖，最後決定先一起走到最近的公車站，然後他騎車回宿舍，我則搭公車，直接到宿舍門口找他。

「感覺完全不用幫你煩惱交通。」他查完地圖之後，如此說道。

「大概啦，也算熟了吧。」

「那你就到宿舍再密我吧。」

「沒問題。」

走到公車站的路途只有短短幾分鐘，沿途剛好穿過鴨川的支流，從橋上看兩旁的建築，和市區相比低矮許多，甚至稱不上是燈火通明，竟散發著一股類似鄉里的靜謐氛圍。公車站就在河堤邊，他把我送到公車站後，就先上路了，畢竟騎腳踏車也要時間；公車有可能很快就會來，也可能他會先到宿舍。

這一帶已經算是京都市區的邊緣了，可能因為人、車、建築都很少的關係，等車的時候，水邊微風吹過，終於讓人想起這邊是涼爽的北方，身心都相當舒暢。到了不一樣的地方，心境畢竟還是會有所不同；對分手那時的錯愕，似乎真的比較釋懷了。

「你真的覺得我不夠喜歡你嗎！」在因為沒辦法再拖下去而見面的那個夜晚，我們東繞西繞，最後她突然迸出這句話，讓我頓時啞口無言，終於冷靜下來。我到底說了什麼，讓她說出這樣的話？

「這樣你懂了吧？」我一直不說話，她就自己接下去了。

「可能有懂一點。」

從一開始，我就一直認為，會分手就是因為不夠喜歡，所以才會沒辦法繼續下去。原來事情不是這樣的嗎？

「這樣你還有什麼問題嗎？」

「不論怎樣都沒機會了，是嗎？」

「繼續只是勉強啊！」

「哪有勉強！我有什麼問題，你跟我說，我都可以改啊！」

「唉……又繞回來這邊……你真的有懂我的意思嗎？」她開始瞪大雙眼，冰冷地、狠狠地注視著我。那個眼神，我從沒在別人身上見過。

我曾經以為，只要過完寒假，回到學校見個面，就有可能和好如初。雖然之前也吵過大大小小的架，但每次都有和平解決吧？為什麼那份感情會就這樣，沒來由的漸漸消逝？

不過，消逝真的沒來由嗎？還是只是我沒意識到？每次我自以為的解決，真的有拉近我們之間的距離嗎？

「好了啦，你自己好好想想吧。不知道能怎麼說了，能說的都說了，其他的就不想說了。」她氣完之後，冷冷地對著空氣說著。

「真的不能說嗎？」

「不是我不說，是需要你自己去發現；發現不了，我也沒辦法。就這樣。可以走了吧。」

「我能不讓你走嗎？」

「對，不能。」說畢，我終於把視線從她身上移開，看著她離去後，自己再騎上腳踏車，回到宿舍。

因為那個晚上的資訊和情緒太過龐雜，基本上沒有辦法好好消化。每一天想的，都可能跟前一天不同；每問一個人的意見，都會獲得不同的想法。不過，這些終究是別人看見的，或是我看見的；那她到底看見了什麼？我似乎從沒好好想過這個問題。

公車來了，車上出乎意料有不少乘客，看起來都是要回家的上班族。路程非常筆直，沿著河道直線行駛，每到一個路口就放下一些乘客，到他宿舍那站，並沒有花多少時間。

「我下公車了」我發個訊息給他。他沒有馬上回我，我就自己用地圖，一邊往他的宿舍前進。

「你應該會經過一座fresco在那邊等我」到第一盞紅綠燈時，他傳來這樣的訊息。此時抬起頭來，轉角確實就是那間超市。

人行道上行走的人非常稀疏，前方的平交道傳來警示聲響，超市門前停了一些腳踏車，周遭雖然有些燈光，但整體來說相當沉靜，似乎更能感受到夜裡微弱卻能帶來舒爽的薰風。

我站在門前，盯著平交道看。單節電車緩緩離站後，遮斷器升起，出站的人們依序越過平交道，直到非常接近的時候，我才認出他。

「想來買些東西，還可以買消夜。」他一見到我，先說了這些。

「好啊，逛逛超市也好，感覺會有很多打折熟食可以買。」

「而且這間超市好像只有京都有喔，品質不錯。」

「畢竟京都人比較高貴。」

「好像是真的。」

超市裡確實窗明几淨，商品擺放整齊，價格標示清楚，我一路跟著他，先走到居家清潔區。

「這是什麼啊？看不懂。」我對著他手上拿起的東西提問。

「你沒看過喔？」

「沒看過也沒用過。」

「清水槽和水管的，我也是來日本才學會用的。很有效耶。」

「那麼神奇，長這樣耶！」

「對啊，就是直接丟進水管，讓它在裡面融化。這樣流理台就不會有異味。」

「原來。你來就是為了買這個喔？」

「對啊，好久沒清了，感覺快有臭味了。」

「這也可以感覺？」

「直覺啦。等到有臭味就太遲了，總之就定期清一下。」

之後我們再繼續走到飲料和熟食區，各逛各的。我拿了自己每次來日本必買的CC LEMON，作為再訪日本的慶祝。

「那個很好喝耶！」他經過我時，看見了那罐CC LEMON。

「我每次來都一定會買。明明以前在台灣有賣，現在竟然沒了！」

「我也記得以前有。」

「以前根本不喝其他汽水。現在也不太喝啦。」

「所以來日本就一定要買嗎？」

「對啊，喝到才算有來日本。」

「好有象徵意義。」後來他買了一罐紙盒牛奶，說想要洗完澡之後喝，更能感到深夜的清爽。

我們最後一起去熟食區，從屈指可數但折扣數非常驚人的菜盒中挑出豆皮壽司和醬燒雞翅，當作待會的宵夜。距離吃學餐的時候也過了三個多小時了，還真的有點餓。

其實我對於這一帶的街道和他宿舍的位置，依然記憶猶新，走回去的路上，已經像是兩個熟門熟路的人，自然地並肩前進。看見入口時，瞬間想起那個夜晚冷冽空蕩的迴廊、路燈照亮的積雪和逐漸溫暖的房間。樓梯間的轉角有離宿的同學留下的床墊和棉被，可以直接搬進房間使用；進房間前，我們還去看了公共浴室，也算繞了屋內一圈。我把行李放下後，兩個人很有默契地坐在地板上，決定馬上開始吃消夜。

「趕快吃一吃，休息一下。」他邊說，邊把食物拿出來。

「好啊，京都的超市表現應該不錯。」

「這個看起來就甜甜的。」他拿起一根雞翅，端詳了一下。

「吃了就知道。」我也跟著拿起一根。

這根雞翅確實是用那種甜多於鹹的照燒醬，也已經沒有餘溫可言，但在這樣的夏夜，大概還算能讓人感到幸福。吃完那根之後，我迫不及待把檸檬汽水打開來喝，這才真的有夏夜的完整感。

「還是滿好奇的耶。」他吃完那根後，突然說起話來。

「好奇什麼？」

「就是你究竟發生了什麼事啊。」

「我喔？」

「對啊，看你的臉書，雖然看得出很傷心，但具體還是看不出怎麼了。」

「畢竟後來也沒封鎖那個女生，不好意思寫得太具體。」

「難怪。所以怎麼了？」

「說來話長耶。」都過那麼久了，腦海中的東西雖然好像已經是從一片混亂裡抽絲剝繭出來的結果，但早就已經分不清楚哪些是我的感受，哪些是別人所言。本質是一團混亂的東西不會因為抽絲剝繭就變得容易理解。

「你還記得嗎？你冬天時跟我說的話。」他沉默了一下，又繼續說下去。

「不記得。怎麼可能會記得。」

「應該是在貴船的時候，說了一些東西，我也就附和了一下。不過真的都忘了。」

「總之當時就是一片混亂吧。現在是懶得說明的一片混亂，當時是說不出來的一片混亂。」

「雖然忘記了，想知道後續的念頭卻一直隱隱作動。」

「你很認真在說服我耶，話術不錯。」

「我是認真的！你不是說說出來比較開心嗎？」

「好啦，說。我說。但先讓我再吃一根雞翅。」我舔了舔手指，拿起下一根雞翅。

在那段等待著結束的日子，我到底糾結著什麼呢？這一切，要從哪裡說起呢？

「總之，就是發現愛情終究是件不容易的事吧。」結果說了這種好像什麼都沒說的話。

「這上次就說過了耶，我還記得。」

「你記性也太好了吧。」

「真的只記得這個，因為好像有點感同身受。」

「但是我覺得我不應該這樣勸退你幸福的機會。愛情雖然困難，但是真的有一種無法取代的，呃，該怎麼說呢……快感？」真的不知道要怎麼形容。

「快感？太抽象了吧。」

「可是如果我舉出實例，你一定會覺得沒什麼。」

「你就說說看啊。」

那種幸福，到底要怎麼說明呢？過了那麼久，我還記得當時如何感到幸福嗎？

「我是不知道別人，但是舉例來說，雖然那個時候我都會想說，約會要去哪邊哪邊，安排一個很精彩的行程；但是現在讓我記憶深刻的片段，反而都是在最平常的日子，發生的一些小事——沒有辦法預料到的，但是就發生了。」

「好像有點奇怪，但聽起來又沒有太令人意外。」

「其實很多事情都跟我原本預料的不一樣吧。」突然間，當時的困惑就一湧而出了。

「還有什麼？」

「譬如我在告白前，其實我一直在做心理準備，在想自己能不能好好善待她；如果能對她夠好，我們就能一直在一起。」

「很有道理啊。」

「但是後來被提分手之後，我就一直在想：難道我對她不夠好嗎？為什麼會分手？」

「你應該對她不錯吧。」

「後來才理解，就不是有沒有對對方好的問題。在感情裡。」

「是喔！」

「就好像……如果沒有對到那個，一般人就是說『頻率』吧，這樣的話，所謂的『付出』什麼的，雖然確實能夠感受到，但是就……會覺得缺了什麼。」

「有點抽象。」

「大概是因為我太語無倫次。」

「但是真的很懸疑。總之如果真要簡單說明，就是我付出的，好像不是她想要的。其實就這麼簡單吧。」終於說出口了。他似乎聽得起勁，把豆皮壽司也打開來吃。

「所以你知道她想要什麼了嗎？」

「知道的話就不會分手了吧。我只知道他不需要什麼。」

「在感情裡，每個人要的不一樣嗎？」

「其實後來仔細想想，我也不知道我要什麼。」

「是喔！很複雜耶。這麼說起來，我好像也不知道為什麼要戀愛。」

「是吧。其實她提分手的時候，對我說了一句話，真的是當頭棒喝。」

「什麼？」

「『所以我們現在跟之前當朋友的時候，有什麼不同嗎？』一時之間，我真的回答不出來耶。」

「這是很嚴厲的批判耶。」

「大概吧。聽到這句時，其實當時我覺得很莫名其妙。」

「怎麼了？」

「我就頓了一下，然後開始跟她說，我對她多好，我多看重她，為了她放棄了什麼，把時間都留給她，就是想極力證明她多重要。」

「結果哩？」

「她就說，這些她都知道，但是……忘記她是怎麼說的了。」

「會生氣吧，明明你對她的好，她也知道，卻又被分手。」怎麼覺得他真的很會在浪頭上應答。

「對，我在那之後也有很長一段時間，覺得這是什麼情況。可是後來想一想，也就想通了。」就乘著浪頭繼續說下去好了，都說到這邊了。

「就不生氣了喔。」

「對啊，就沒那麼生氣了。我剛剛一開始舉例，那些我安排的約會，其實我自己都感受不到什麼幸福感，反而都是在那些意想不到的日常生活裡，才真的會記得很深刻。」

「喔！」

「這樣想就通了吧。那些為了什麼目的而營造出來的東西，當然是能讓人感到一些份量，但是真正不由自主的感情，應該是……雖然這樣說有點假掰……應該是俯拾即是。」

「好像懂了。」

「想用對對方好去證明的感情，從頭到尾就不是那種俯拾即是的感情。當然兩種都可以是很深刻的感情，但畢竟是不一樣的吧。」

「所以你對她沒有俯拾即是的感情嗎？」

「說得上有或沒有嗎？我覺得我好像平時就不是情緒很豐沛的人。」

「所以你就釋懷了喔。」

「對啊，後來慢慢推敲，覺得就這個觀點來看，他好像真的喜歡我比較多。我能夠在平常的時候感到她帶來的幸福感，但是我給她的呢？或許真的沒有吧。」

「原來。」

「所以後來我就在想，要成為一個情緒豐沛一點的人，或許會對之後的戀情有幫助吧。」終於說完了，還算完整吧。雞翅都吃完了，我也跟著吃起豆皮壽司。

「啊！這就是我剛剛許的願啦。」我補充到。

食物吃完之後，可能今晚的訊息量也夠了，他就開始收拾垃圾，然後去流理台用清潔劑清水槽；清潔劑在槽內慢慢發泡、逐漸縮水，非常療癒，光用看的就會讓人覺得是有效的東西。他讓我先去洗澡，回房間的時候，被子已經在地上鋪好了。

「應該就這樣睡喔，可以吧？」我一進房間，他就開口。

「可以吧，棉被很厚，感覺會很舒服。」

「只是不知道是誰睡過喔。」

「看起來乾淨就好。」

「對了，啊明天有想要幾點起床去哪嗎？」

「今天好像有點累耶，感覺可以睡滿久的。明天想去梅小路看火車，何時去應該都無所謂。」

「喔，鐵道博物館喔，好啊，那這樣的話，明天早上我弄早餐喔。」

「你要弄什麼！會不會很麻煩？」之前來日本幾乎都是便利商店買一買，這次竟然可以吃到不同的東西了嗎！

「吃飯吧，電子鍋可以預約時間，一早起來就有熱呼呼的飯可以吃，會感到幸福。來日本就是要這樣。」

「有東西可以配喔？」

「算有吧，但你可能會不太習慣。」

「沒關係，我已經開始想像明早吃到時的幸福了。」

# 梅小路

下車之後，直接就能走進梅小路公園，還要再走一段路才是鐵道博物館的入口。步道和鐵道的高架橋平行，正好有一班通過的電車駛過，實在太有鐵道的氛圍了。

15
16

眼睛睜開時，房內已經被窗外透進的自然光照得非常明亮，側著頭把視線轉向床上的方向，也還看見一團挺著的被窩。時間應該不早了，我起身鑽出被窩，和他眼神四目相接。原來他也醒著，就一起起床了。

他先去刷牙洗臉，等我也弄好之後，他已經在窗台添飯了。

「蒸好了喔？」

「昨天晚上就預約啦。」

「原來那個聲音是電子鍋的聲音嗎？」這麼一說，我才想起來，剛剛好像是被很微弱的聲響給叫醒的。因為太小聲，所以沒有覺得是鬧鐘。

「喔對，我們就是那個時候被叫醒的吧。」

「你常這樣蒸飯嗎？」

「偶爾。一起床就有蒸好的白飯可以吃，多好。」他臉上露出一股天真爛漫的微笑。

「不過要配什麼啊？」

「不用配什麼啊，白飯本身就很好吃。」

「欸……」

「開玩笑的啦，反正我就蛋、醬油、罐頭配一配，這樣你可以嗎？」

「你有蒸蛋？」原來這頓早餐那麼多工嗎？

「生蛋直接拌飯啊，這樣很好吃喔。」

「嗚……你怎麼吃我就怎麼吃吧。」還真的沒這樣吃過。

「我是認真的耶，我很喜歡白飯。」

「一般人會這樣說嗎？」我當然也是個喜歡吃飯的人，但實在不會把飯當成一個喜好。

「喜歡一樣食物不是很正常的一件事嗎？」

「好像也是，趕快來吃吧。每次來日本都好容易餓。」結果搞得好像我很鑽牛角尖。

「你要自己弄嗎？還是我幫你弄？」

「讓我自己弄吧，好好體驗一下白飯的吃法。」

說畢，他已經把兩碗飯都盛好了。他從小冰箱裡拿出其他食材，首先對著碗緣把蛋敲開澆在飯上，再淋上一圈醬油，接著用筷子拌了幾下。

「大概就這樣。」他拿起另一顆蛋，交到我手上。

「好，那個稠度，滿厲害的耶。」他那碗帶點褐色的金黃拌飯，攪過蛋液之後顯得更為透亮，每粒米看起來變得更飽滿。

「沒錯！」然後我重複一次他的動作，完成自己的那碗。

「那罐頭呢？是鮪魚罐頭嗎？」我指著罐頭問。

「有時候也會買火腿或早餐肉。我們就平分吧，不然會太鹹。」

「好啊。」他一匙一匙把鮪魚肉平均分到兩碗飯上。

「那就這樣吃了喔。」

「完全沒問題，我好像能懂你說的幸福了。」

「是吧。」

「你在台灣時就會這樣吃嗎？」如果是這樣，就真的太有生活情調了。

「來日本才學的啦，畢竟這邊也沒什麼早餐可以選擇。」

「人果然會在窮途末路時走出一片天地。」

不知道是電子鍋的問題還是米的問題，又或者是生蛋拌飯這個組合的問題，總之我已經好久沒吃到那麼好吃的白飯。蛋液在飯的餘熱下，以半凝態包覆著米粒，又因為醬油的提味而更甘甜；而白飯剛蒸熟時本身的嚼勁也依然鮮明，甚至還依稀冒著蒸氣。

「真的懂了。」我大概吃了兩三口後，馬上分享這份喜悅。

「對吧。」

「太了耶。」

「什麼？」

「就是不知道怎麼形容，所以只說的出『太』。」

「是充滿朝氣的幸福感嗎？」

「好像沒那麼單純；連幸福這個形容詞都顯得有點太扁平。」

「你喜歡就好。」他撇開視線說完之後，又埋頭繼續吃了起來。

來京都第四次，第一次這樣開啟一天，不趕車，不趕行程，忘掉想去的地方，吃著樸素卻溫淳的生蛋拌飯，感受生活的步調，讓時間過，其實也滿好的。

「吃完就出門嗎？」他看我也吃完了，馬上就發問。

「可以啊。」

「直接去梅小路嗎？」

「好啊。」

「那我先來洗碗。」他直接動起手，站起來。

「我來就好了啦。」我也下意識地站起來。

「沒關係啦，不用客氣，你收拾一下你等下出門要用的東西吧。應該不會整個背包都背出去吧？」

「是不會，我有帶束口袋。」

「對啊，你去收吧。」我也就順他的意，去背包那邊整理東西。

出門的時候已經快十點了，我們決定搭公車直達京都車站，再走去鐵道博物館；雖然要走一段路，但應該是最快的方法了。公車站就是我昨天下車那站，會一路沿著鴨川開到市區，就又可以複習一次京都的樣貌。

這次和上次來京都，已經有好幾次沿著鴨川行進，從第一次的散步，到之後的幾趟公車，對這條路線也越來越熟悉了。不過仔細回想起來，之前都是在入夜後搭車，雖然能靠著窗外燈火的強度和頻率感受到大致氛圍，這次卻是第一次能清楚看見每棟建築、每個路口和每段河堤。

「其實我也很少搭公車去京都車站。」我們坐定位後，他開始跟我聊道。

「不然你都怎麼去？」

「本來就不太常去，但如果要去，會走到最近的車站搭地鐵去。」

「我看地圖，好像有一段路。」剛剛其實也是我問要不要搭公車的。

「但如果趕時間的話，搭地鐵比較好，班次比較多。」

「也是。」

「不過今天應該就是悠哉到處晃吧。」

「對啊，也沒有哪裡非去不可了。」

「搭車看看風景也不錯，想起來也確實滿少好好欣賞京都的街道的。」

道路在經過出町柳後變成雙向四線道，和鴨川隔著對向車道和堤防上的柳樹，幾乎看不見河道和對岸，建築也從原本的小型住宅轉為大型設施，只能從每座橋頭判斷大概行駛到哪。

「對了，那你之前怎麼沒想過要帶那個女生來京都玩？」這問題也太猝不及防了……

「想帶啊。」

「結果哩？」

「她就不方便吧……畢竟我之前也是偷偷賺錢，偷偷翹課自己來。」

「真是叛逆。」

「少一點人知道比較好。」

「那你是什麼時候開始喜歡她的啊？」問得太順了吧……

「大概第一次來京都那時候吧。去年春天？櫻花開的時候，就很春心蕩漾。」

「所以開始交往也是去年的事？」

「對啊，很快吼。然後一下又結束了。」

「有點，但現在的戀愛好像都這樣。」

「我一開始也覺得『這麼快，算什麼』，整個泡泡的、假假的。」

「後來想法就變了喔？」

「對啊，想一想，又覺得不是那樣的。」

「那是怎樣？」

「其實喜歡一個人，是一件來得很快的事吧。」

「好像是。」

「會覺得因為很快，所以覺得是假的嗎？」

「好像越快，反而會覺得越真。」

「對啊，那發現沒辦法了，是不是也是很快的事？我就覺得應該也是很真實的感受吧。」

「好像懂了。」

「感受到沒辦法還繼續撐下去，那才是泡泡的、假假的。」

「所以發現了就趕快分手，其實是好的嗎？」

「嗯，大概是這樣。不是時間很長才是真的，而是有感到心意相通，就是真的。」

「突然變得正向起來耶。」

「不正向怎麼走出來呢？」我嘗試露出無邪的微笑。

公車在三條站停靠時，因為是車站的關係，有許多乘客下車，車上變得更空曠。公車接著離開鴨川河畔的道路，繞了車站的停車場一圈之後，駛上三條大橋。

「這邊就是我們那時碰到的地方耶。」我不自覺地說出口。

「我也還記得。」

「好久了喔。」

「竟然從冬天一路過到夏天了。之前櫻花季時，河岸也很漂亮喔；雖然不是特地來看，但經過時無心看見的櫻花，好像更能在心裡掀起漣漪。」

「好像可以理解，因為就像是生活的一部分吧。讓生活更完整了。」

「對，應該是這樣。你去年是不是有來賞過櫻？」

「嗯。」

「當時也有來鴨川嗎？」公車正好駛離大橋。

「好像是傍晚時有路過一下，沒有認真看櫻花。」

「那有點可惜。」

「可以賞花的地方太多了啦！」猶記得當時真的是看著賞花地圖，一路瘋狂趕行程，到晚上還要看個兩場夜櫻才罷休。

「也是，你那時是初來乍到的觀光客嘛，大概沒有辦法像我那樣平靜地把櫻花當成生活來感受吧。」

「完全不行，從頭到尾都很嗨。但那時觀察日本人，好像確實都是帶著那種平靜的歡愉在賞櫻，當時就很羨慕他們。」

「合理啦。漸漸地發現身邊的櫻花開了，應該真的不一樣。」這就是居民的自豪嗎？

「好羨慕。」

「不過，雖然櫻花好像是漸漸盛開，但真的發現到，『啊，開了，真美』，好像也是一瞬間的事。」

「這好像得親身體會了。」

「總之，這大概就是生活的步調吧，時候到了，櫻花自然會出現在眼中。你應該也漸漸能有生活感了吧，來這麼多次了。」

「有喔，但可能只是因為這次就很想休息發懶的關係。」

公車接著穿過河原町通，大街兩旁商家林立，是京都最熱鬧的地方，幾乎感受不到古都氣息。他接著跟我說說他騎腳踏車來這一帶都做些什麼，看電影啦，逛街啦，還會來唱卡拉OK。我每次都是趁路過大阪的時候逛街，很少特地來這邊，都是為了轉車而路過，聽他說著，竟然也滿有新奇感。

「對了，所以你有去過梅小路嗎？」公車來到烏丸通，一路直行就是京都車站了。他把話題轉回今天的行程。

「其實還沒去過耶。」之前的三個季節都在認真追逐名勝，所以一直把梅小路擺在一旁。

「你是想去鐵道博物館嘛。」

「對啊，還滿喜歡火車的。」這次就一定要去了！畢竟是京都四季的最後一趟！

「那我們要不要乾脆搭新幹線找個地方去啊，我這個暑假也還沒離開關西過；應該要好好到處玩玩的，但一直被慵懶的生活給困住。」

「明天嗎？」

「想過夜也可以啊。我看你京都也玩得差不多了吧。」

「是這樣說沒錯。」

「那就一起出走吧。」

「這樣要去哪邊啊？」其實我早就有想去的地方，但還是想裝鎮靜一下。

「待會去京都車站的櫃台看看吧，會有很多海報和摺頁可以參考，之前瞄過幾眼，好像有一些周遊券可以用。」這我也知道，但我日文還沒有好到可以完全看懂所有內容。

「好啊，去看看。會不會太臨時？」

「不會啊，應該也就住一晚而已吧，畢竟你還要回這邊搭飛機。」

「嗯，很剛好。」

公車又穿過幾個路口後，已經可以透過窗外看見京都塔，逐漸逼近，最後被整棟大樓擋住。現在想起來，反而覺得那顆紅色的飛碟狀塔頂，其實是為了讓這座城市能有點多樣性而存在的，沒有那麼糟。

「啊！對了！」看著京都塔時，我突然想起一件事。

「怎麼了？」

「我這次一定要去鴨川三角洲。那是特地留給夏天的。」突然想起那時我們談到的地方。其實我們來來往往，一直有經過，卻沒有機會下到河邊。

「好啊，今天傍晚就去吧？」

「可以，天氣好像不錯。」

「待會會很熱喔。」

「反正等下要逛博物館嘛。」

「不過傍晚的河邊應該會很舒服。」

「這樣很好。」

下車之後，視線馬上就被車站大樓的玻璃帷幕吸引，反射出襯在藍天白雲上的京都塔頂，熠熠生輝，像是離開前最後一眼令人留戀的道別。穿過車道，車站的入口就在眼前；日本那麼多大車站，很少有哪座車站的動線可以這麼俐落，每到一次都還是能驚嘆於此。

「京都車站實在太厲害了。」走進車站大廳後，我們四處張望，尋找售票櫃台，又或許只是在瞻仰這座建築。看著看著，我不由自主地對他說。

「真的，之前很少像這樣站在大廳看。」

「大的很有氣勢，又不會覺得很混亂。」

「所以我們現在就直接去售票櫃台嗎？」

「應該吧，看一看，有中意的目的地，就順便直接買票？」

「那我來找找在哪。」大部分的指標和招牌都是日文，就靠他了。

站在車站中央，正前方是依方向別一字排開的發車資訊跑馬燈，兩側有不會太搶眼的大面廣告，靠近一點的是平面圖和指標，還有兩座通往地下室的手扶梯。所有裝置都為了保留這個空間的大方而顯得收斂，卻依然兼具機能。

「啊！在那邊！綠色招牌那個。」他指向左前方，綠色招牌上還放了綠色的標誌。

「喔喔，自動售票機那邊。」

「過去看看吧。」

在走向售票櫃台的通道上，左手邊有「日本旅行」的櫃台，好像是規模很大的旅行社，門口排了整列的旅遊行程廣告傳單，有國內也有國外，令人眼花撩亂。售票櫃台那邊反而顯得乾淨整齊多了，連擺放摺頁的層架都有特地設計，讓人自然想接近，好好翻閱那些資料。

售票櫃台有自己的一個隔間，門口就擺了一款叫「西Navi」的刊物，我們各拿了一份來看，裡面文字居多，並附上很多引人注目的特寫圖片，而不是用那種落俗的風景照來吸引旅客。不過，就算是我這種看不懂日文的人，搭配地名和一些關鍵字，也能大概看出是在介紹什麼。

售票櫃台是用落地窗和大廳隔開來的，有一座檯子上擺著一本像電話簿一樣厚重的時刻表，我過去翻了起來。

「你真的看得懂喔？」他突然湊近我身旁對我說。

「還可以啦，反正就漢字看一看，很多都是地名嘛。」

「這是什麼啊？『トクトクきっぷ〔tokutoku kippu〕』？」他把這頁的小標題唸了出來。

「周遊券吧。」

「喔喔，看內容就看出來了。這很方便耶，你怎麼知道時刻表上有！」

「我第一次來日本時就帶了一本時刻表回家看，都快被我翻爛了。」

「所以是興趣嗎？」

「說是怪癖或許更貼切。」

「確實有點。」

周遊券是從北海道地區開始，由北而南依序刊載，從京都出發的周遊券，有到黑部立山、北陸、山陽、山陰、四國不同地方，大部分都是包含來回新幹線和目的地範圍內自由乘車。我最想去的地方是廣島，但兩天一夜有點嫌短，所以就沒有提出來。

大概看過這些周遊券的範圍和票價後，我恭敬地闔上時刻表，到檯子隔壁的傳單架，瀏覽有沒有剛剛看上眼的周遊券的資訊。基本上都有相應的傳單，把票價、使用範圍、相關景點都寫得非常清楚，一目了然。

「這樣就真的很清楚耶。」他在一旁對我說道。

「資訊的提供原本就應該要這麼順暢。」

「所以已經有看上要用哪張了嗎？」

「兩天一夜的話，其實也不適合去太遠。」

「對啊，也不想花太多錢。」

「金澤如何？剛好可以搭到剛通車的北陸新幹線。」

「新幹線通到金澤了嗎？」他好像也算知道點眉目。

「從東京可以到金澤，不過還沒通到關西這邊來。」

「喔喔，原來。」

「不過這張周遊券啊，剛好可以搭特急來回金澤，然後搭北陸新幹線的這幾站。」我拿起那張周遊券的傳單，指著地圖跟他說明。他也就更湊近了一點，埋頭一起看。

「好像不錯耶，也算便宜。金澤有什麼啊？」

「金澤也算是古城吧，不是『北陸小京都』嗎？」

「我們就在京都啊，幹嘛去小京都啊……」

「可以看海吧，你看這個使用範圍，好像一路沿著海邊。」

「那是不是日本海了啊？」

「是吧，西岸。」

「好像滿浪漫的。」

「會有不一樣的氛圍吧。最遠可以到黑部這邊，又可以看山。」使用範圍清楚標出「黑部宇奈月溫泉」，新幹線最遠可以搭到那站。

「好像還不錯，有山也有海。」

「嗯，也是這幾張周遊券裡面比較便宜的。」

「你OK嗎？感覺你滿熟的，都交給你帶路了喔。」他考慮了一下，最後這樣對我說。

「可以吧，大概知道那邊有什麼地方可以去。反正只要找好住宿，那兩天想怎麼搭車就怎麼搭車。你會說日文嘛，溝通就靠你了。」話說回來，如此突如其來的行程，可能是我的第一次。

「應該沒問題啦，終於可以出走京都了。」

「那你去買票？」

「一起去排隊吧，可能要討論搭車時間什麼的，看摺頁上寫，好像要指定明天的車次。」

「好啊。」

買票的時候，我們決定搭早上八點左右的特急電車，這樣大概七點就要從他的宿舍出門，不過今天大概不會玩太晚，還可以接受。他的日文能力聽起來已經可以和站員完全溝通無礙了，真好，看來我這兩天可以高枕無憂了。

回過頭來，時間也接近中午了，我們決定抓緊時間，轉公車直接到梅小路。我對京都車站附近這個地區，相對來說還滿陌生的；除了西本願寺外，街景沒什麼古意，看起來就像一座普通的小城市。

下車之後，直接就能走進梅小路公園，還要再走一段路才是鐵道博物館的入口。步道和鐵道的高架橋平行，正好有一班通過的電車駛過，實在太有鐵道的氛圍了。

「我竟然也是第一次來這座公園。」電車通過後，他如此說道。

「畢竟離你住的地方很遠嘛。」

「也是。我那邊有一座更大的公園，我就滿常去那邊散心的。」

「叫什麼名字啊？」

「寶池公園。中央有一座很大的池塘，春天時周圍會開滿櫻花。」

「話說京都有什麼地方春天不會開滿櫻花的嗎？」

「好像沒有……」

「一定很漂亮吧。」

「當然，而且幾乎沒有觀光客，是一座真正屬於居民的公園。」

「說得好像我們這些觀光客是來侵略你們。」

「難道不是嗎？那段時間根本都擠不上公車耶。」

「抱歉啦。」

「不過交換這段時間，也會遇到什麼需要散心的事嗎？我還以為會一直很開心，就像連續玩一整年一樣。」如果是我來京都交換的話，肯定是這樣度過的。

「說是這樣說，當然也會有不順的時候。」

「像什麼？」

「呃……課程啦，同學啦，有時候真的會覺得外國人在幹嘛……也有一點感情問題吧，哈哈。」

「唔──原來。」

「不要知道太多。」他這種略帶無奈的邪惡語氣，真是令人難以猜透。

「好吧。」

「總之那座公園非常紓壓，湖水很寧靜，真的會有鳥類在天空中飛。」

「好像很自然。」

「其實算荒涼了吧，沒有什麼遊樂設施。」

「有機會的話也會想去看看。」

「從金澤回來之後，帶你去走一圈吧，我平常的散心路線。」

「好啊，很適合當成最後一天的收心行程。」開始覺得時間過很快了。

「多了金澤之後，你的行程好像又變得緊湊起來了。」

「沒辦法，旅行嘛，總是會想去更多地方。」

我印象中的鐵道博物館，跟現在眼前的這座館非常不同。我一直記得這邊是由一座舊站舍和一座扇形車庫組成的，結果入口竟然是一棟嶄新的建築，就蓋在舊站舍的旁邊。入館之後，首先映入眼簾的是古中新三代的火車，從蒸汽火車、普通電車到新幹線，同樣光鮮亮麗。

因為有旁人在，我心中的小宇宙雖已不知震盪得幾重高，外表卻仍保持平靜，只是象徵性地拍拍照，然後快速掃描過每一個細節。仔細想起來，看起來最先進的初代新幹線，也已經變成可以收入館藏的老古董了。這是一條很長的走廊，分成三列展示車輛，中段還有柴油機車、寢台車廂之類的，以前只在網路上看過照片的車，一一出現在眼前。

如果在這邊就待太久的話，待會可能就沒力氣看別的了，於是我們幾乎沒有停下腳步，只是由我大略介紹一下這些車大概是什麼用途，就這樣走進展示廳。展示廳裡也停了三列車，一列是車頭最尖銳的500系新幹線，右邊兩列都是特急電車，連車頭很懷舊的名稱標誌也一起保存下來。

「這台是雷鳥號耶！」我興奮地指著右邊那列酒紅色紋路的特急電車說道。

「有什麼特別的嗎？」

「去金澤的車就是雷鳥號啊。」

「是嗎！剛剛車票上有寫？」說畢，他從錢包把車票拿出來對。

「你看啊。」

「サンダーバード〔sandabado〕……咦，是thunder bird喔？」說實話，聽起來實在不像。

「好像換新車之後，就換成英文名了。」

「你不說的話，根本就不會知道是這兩個詞。你竟然連這個都知道。」

「因為中文就會直接翻譯成雷鳥啦。」

「不得不佩服日本人真的很會玩這種文字遊戲。」

發音。

「這很常見嗎？」

「對啊。一樣的意思，換個說法，就會給人完全不同的感覺。」

「所以thunder bird聽起來就是比較新、比較潮，是嗎？」我果然還是沒有勇氣模仿那種日文

「日文還真細膩。」

「而且也比較快吧，真的有像雷一樣閃過的感覺。」

除了一樓的列車展示，二樓則有一些鐵道知識的展覽，像是車站裡的調車控制台，雖然不一定能看得懂到底在幹嘛，但只要想到這些就是撐起整個鐵路系統的元素，還是令人非常興奮。

逛到三樓的時候，剛好已經接近正午，我從餐廳門口看見裡面面對鐵道站場的大片窗戶，實在無法抵擋這種魅力，就問他要不要乾脆吃個飯，休息一下。我先跟他說有點餓了，他說好之後，再跟他說要坐窗邊喔。他大概馬上就懂了。

「小時候家人帶我去市區的百貨公司吃飯，我都會指名要吃看得到樓下車站和鐵道的餐廳，而且要像這樣，坐在窗邊。」在等餐的時候，我開始分享起我的火車迷事蹟。

「你從小就是火車迷耶。」

「就是吧。一成為火車迷，就沒辦法停下來了。」

「很浪漫耶。有一個能這樣喜歡著的東西。」

「是件好事吧。譬如失戀時還有東西可以轉移注意力。」

「怎麼說？」

「之前那段時間，我就會趁沒課時搭火車到哪邊看看。會想找一個目的地，但最讓人放鬆身心的其實是旅途本身。」

「原來，這樣很好。」

「上次來京都就是失戀的第一站吧，來日本搭火車畢竟更痛快。」

「這邊畢竟是火車迷的天堂啊。」雖然還沒完全逛完這座博物館，但我心裡已經非常滿足了。

吃飯期間，我看到比較特別的車經過的時候，會特地指給他看，似乎有讓他驚訝到，從關西機場到京都的特急電車、隔天要搭的雷鳥號，都是我認得出來的車。「其實你很瘋耶」，他如此說道。

吃飽之後，我們繼續順著參觀順路，來到一個露天看台。終於看見扇形車庫了，十幾個洞口以優美的圓弧排開，每個都停著一台蒸汽機車。現場看起來，聯絡車庫的路線好像是真的能通到正線軌道的，如果能看到中間的轉車台運作，那就太好了。

後來我們仔細看了一下各個解說牌，才知道確實有少數幾台還有持續行駛；如果出任務的話，就會暫時離開這座扇形車庫。能看的東西太多，實在沒辦法每台都完整地繞一圈，所以從車頭挑了兩三台看起來比較特別的，稍微仔細端詳一下汽缸和搖桿。

要好好認識一台蒸汽機車的構造，真的是件不容易的事。我們認真地看了一座解說裝置很久，礙於語言隔閡和基礎知識不足，雖然努力討論了一番，還是沒辦法弄得很懂。這麼生硬的東西，竟然擺在參觀的最後，實在太為難觀眾。

博物館的出口就是那座舊站舍，是一座仿造神社寺廟的建築，白壁黑瓦，非常古樸，和前面的設施相較之下，反而有點不搭。而且因為刺激真的已經夠多了，所以幾乎沒有駐足。

「太滿足了耶。」走出出口後，我真的滿足的無話可說。

「比想像中豐富很多耶。」他附和著。

「等一下去哪都無所謂了，今天夠了。」真的還有什麼可以超越鐵道博物館嗎？

「不是還要去三角洲嗎？」

「對吼！開始有點怕那個會相形失色了。」

「不會啦，我保證。」

「當然要去啦！好不容易等到夏天了！」嗯，終於等到能感到舒坦的這個時候了。

# 三角洲

「你有聽說過，為什麼這邊叫『出町柳』嗎？」

「沒想過耶。不過確實是個滿美的名字。」

「剛剛那座橋好像叫出町橋。會不會還有一座柳橋啊？」

「竟然就這樣變成一個新的地名了嗎？」

「地名這種東西，久了才會產生意義，然後真的成為那個地方的一部分。」

離開鐵道博物館之後，我們決定往京都車站的方向走去，沿路逛逛這座公園。首先經過兒童遊戲區，地面只鋪土砂，跟台灣鋪軟墊不同，遊具則大同小異，總之是能讓小朋友玩得開心的設施。

再來比較吸引人的是兩台路面電車，靠近一看，原來是退役的京都市電，活化成咖啡廳和商店。因為沒有要消費，不好意思進去咖啡廳，所以就走進商店看看——天花板垂下的吊環還保留著，車頭駕駛座也保存完好，維護的狀況很不錯。

「你買來會寄嗎？」他看我下定決心買了幾張電車的手繪風明信片之後，對我問道。

「會啊，出國玩就會寫些什麼給朋友。」

「好溫馨喔。」

「想分享旅行的愉快吧。」

「我應該也要來寫。」

「那你要買嗎？」

「電車先不要。」

「真是不給面子。」

在那邊沒有逗留很久，繼續往前走之後，有一棟規模很大的建築，到了入口才看見嵌在弧形牆面上的低調名牌。

「原來這就是水族館！」他好像突然發現了什麼似的。

「這座公園設施真多。」我依稀知道京都有座水族館，但不知道就在這。

「好氣派喔，感覺有看頭。」
「不在海邊的水族館，感覺有點怪怪的。」
「說不定會有意想不到的特色喔。」
「你想去喔？」
「你不想喔？」
「可以啊，都到門口了。」這次已經有太多預料不到的事了。
「感覺進出的人很多耶，應該值得一看吧。」
「可是不覺得都是情侶嗎？」原來日劇和動漫裡充滿一堆情侶的水族館場景是真的。
「嗯，能跟喜歡的人來當然就更好了。」
「這是在嫌棄我嗎？」
「沒有啦！哪有那麼壞心。」

「所以你想進去吼。」我再次做個確認。
「就想感受一下日本水族館的氛圍，而且裡面應該很涼吧。」
「這好像確實比海洋生物本身還吸引人。」
「以後才知道哪裡適合約會啊。」
「好啊，就去吧。反正離傍晚也還有一段時間。」
「你聽起來沒有很想去耶。」

「有被你說服啦。而且早上是你陪我逛鐵道博物館，現在就換我陪你啦。」

「不會啦，那個我也有想去。」

「好啦，趕快進去看情侶們放閃吧。」說畢，我先跨出腳步，他也幾乎在同一時間跟上，然後馬上就感受到自動門打開時從室內竄出的沁涼冷氣。

水族館的第一個展區是溪流環境，重現了京都附近山區的水生棲地，最顯眼的應該是山椒魚，有著類似貓的紋路，在水底的石頭間迂迴爬行。

「這真的是意料不到，又很適合這邊的水生生物耶。」我讚嘆道。

「只有京都想得到。」

「連配色都和京都好搭。」

「想不到山椒魚也有這樣被觀眾喜愛的一天。」

再來的海狗和海豹，雖然觀察他們在陸地上的一舉一動很可愛，但畢竟是台灣的水族館也有的動物，就沒有那麼吸睛。接下來是企鵝池，每次看到企鵝都會覺得比想像中還小，在水裡時游泳時敏捷的不可思議。這邊只養了一種企鵝，池子也不大，沒有什麼特別的看頭，直到圓柱狀的大洋池映入眼簾時，才又令人目不轉睛。

「這邊感覺就是日劇裡情侶會被特寫的地方。」我真的看太多日劇了。

「女生會先喊聲『キレイ〈綺麗〉』，然後緊緊牽住男生的手。」看來他也看得不少。

「接著就會開始說一些奇怪的話，好像感悟到了什麼人生道理。」

「『那些魚為什麼要一直在魚缸裡原地旋轉呢？有什麼意義嗎？』大概類似這樣。」

「『必須做的事就會去做，就像我喜歡你一樣。』男生可能會這樣回答，然後女生就開始哭得唏哩嘩啦。」

「我們可以去當編劇了。」

「如果是發生在自己身上就更好了。」不過就算之前靠著這種話術，也終究還是沒有把她留下來。

之後我們就各自盯著大洋池看，看成群的魚旋轉，從中尋找小丑魚，還有魟魚帶著好多小魚一掃而過。仔細觀察周遭，雖然有些家庭組合，但也有不少對年輕情侶，看他們竊竊私語的樣子，不知道究竟在討論什麼。總之大概不會是剛剛那種對話。

走到二樓之後，通道變得非常昏暗，一池一池的水缸透出微弱的光線，照出一片一片收縮自如的光源，像宇宙中的星塵，團團相映。

「這太了耶。」我喃喃自語著，轉眼一看，他已經衝向那些水缸。我們貼著同一個水缸，靜靜觀賞水母的動態，有的綻放，有的收起，開謝如花，浮生若夢。

「這已經是藝術品了吧。」過了一段時間，我終於開了口。

「很浪漫。」

「很有那種感覺。」

「侘寂？」這也太精準了。

「大概吧。就是日本人才做得出來的平靜感。」

「靜中有動，動中有靜。」

「色即是空，空即是色。」

「對，就是侘寂。」

結果我們在水母區待得最久，因為每個水缸都值得駐足。有的觸手很長，隨著水流蔓延擺盪；有的自帶螢光，在黑暗中熠熠生輝。看著看著，心中不免感嘆起，人類竭盡所能的傑作，也比不過萬物的存在；或許只有無心遇見的自然美，才是至美。

相較之下，之後的海豚表演場、陸龜、蜥蜴、淡水生物區，都顯得微不足道。大概很快就會在這趟旅途的所有片段裡被遺忘了吧，畢竟記憶就是這麼殘忍的一回事。

結果我們在出口前的紀念品店，也逛了一段時間。最熱賣的是山椒魚玩偶，原本滑溜溜的身軀變成毛茸茸的織布後，馬上就變得討喜。最後他買了一隻中等大小的玩偶，說要帶回台灣，當作生活在京都的紀念。

走出水族館的時候，終於稍微能感受到一點午後的降溫；下降的太陽從背後直射，脖子很快就被灼得難受。直到離開公園，走進狹窄的街道上時，才有建築物遮蔽住依然強勁的日光。

鴨川三角洲在出町柳站附近，我們又要一路搭公車穿過市區，回到京都的北邊。公車站是京都車站的前一站，周遭已經很有商業區的氛圍了，站名是某個區的區公所，可見是重要的地標。

上車後，位子已經所剩不多，等到下一站京都車站時，上來的乘客幾乎只能用站的。這段路程大概要半小時左右，我拿起手機，看到被我拋棄的旅伴傳來的訊息。

「完全忘了我耶」

「行程緊湊嘛」

「好玩嗎？」

「當然啊」然後傳了幾張水母的照片給他。

「這很誇耶」

「非常美」

「水族館？」

「對　有慧根」

「好適合夏天的景點」

「是那個人說想去的　我原本沒有特別想去　還好有去　水母太厲害」

「他是對的」

「但我們早上去的鐵道博物館也不錯」趕快再補傳幾張照片給他，展現我的誠意。

「這就是你的菜吧」

「當然　這次最重要的目標」

「啊明天要去哪」

「金澤　你知道嗎」

「？？？」

「你不知道？」

「我知道　不過那不是京都了吧」

「對啊　要坐特急去」

「要過夜？」

「會」

「一個人？」這是在拷問我嗎……

「和他啊」

「這個發展？？？」

「總之就決定一起找個地方去玩」

「很隨興」

「對啊　京都不知道要去哪了耶」

「好跩……無言以對……」想起來這次是直接放生他，有點可憐。

「是他說想離開京都走走啦」

「你也很想吧」

「是吧」

「啊你們現在在幹嘛」

「公車上　去鴨川三角洲」

「喔喔！終於要去了」

「對啊　引頸期盼」

「我也想去」

「下次你來我一定陪你來」根本是亂開空頭支票。

「說說」

「支持你來」京都的美值得一來再來。

「記得買好吃食物回來」這串對話大概就只是為了引出這句話。

「會啦」

「要有誠意的喔」

「好啦　要暈車了」

「掰　好好玩　我要看照片」

「會傳」

京都其實沒什麼便宜好吃的伴手禮，這次應該要趁著去金澤的機會找找看，來點不同的東西，展現我的誠意，報答他這段時間對我的種種耐心。

「欸，公車的目的地換了耶，好神祕喔。」公車行駛個十多分鐘之後，他突然對我說。

「喔！原來！」
「你發現了什麼嗎？」
「這班車是環狀路線啦。」
「蛤？」
「應該開一圈之後會回到京都車站。」
「你怎麼知道？」
「自然就知道了吧，反正二零幾路都是環狀線。」
「呃……你這方面真的比我像京都居民。」
「就跟你說是怪癖。」
「真的，被我發現了。」
「但我原本也沒有注意過那個顯示器的目的地會變。」說實在的，那個顯示器的資訊量有點過於龐雜。
「剛剛目的地是寫北大路，現在變成金閣寺了。」
「大概過了一個點之後，就會再顯示更遠的下一個地標。」
「原來。」
「之前有想過要隨便挑一條環狀公車搭完一圈看看，要是沒遇到你，可能這次就會被我安排成一個行程。」突然想起了冬天時的苦悶。

「太孤僻了耶。其實這次也可以搭啊，滿有趣的。」

「看來你也有變成怪人的潛質。」

「就當看風景啊。」

「這次不行啦，想看三角洲的夕陽，再繞一圈大概就天黑了。」

「對吼。」

「你還有很多天，你可以自己搭。」

「我宿舍那應該沒有環狀公車，不然我應該會知道。」

「有道理。」不過看來他好像真的沒有對京都公車多熟悉，這方面還真的是觀光客知道得更多。

這班公車一路沿著河原町通行駛，漸漸進入京都最熱鬧的路段，開始有交通堵塞的情況，大概是京都最失序的地方。隨著公車走走停停，我們兩個也都被晃得昏昏沉沉；剛剛我們兩個人都有查地圖，但是到底要由誰來注意什麼時候到站呢？可能也沒那麼重要。

於是，某次被晃醒的時候，顯示器竟然已經顯示了「出町柳駅」的轉乘資訊，我趕緊把他搖醒，跟他說要到了。他也馬上打起精神，看手機確認是不是對的站。

「欸！停車再走啦。」正當我起身準備穿越人群到前門下車時，他突然對我說。

「不用先到前面嗎？」

「會被司機罵喔，我有被罵過。」

「這麼嚴重嗎！」

「對，行進中的公車不能走動。這是認真的規定。」

「難怪京都的公車那麼慢。」雖然知道有這個規定，但每次在京都看公車乘客在停穩之後才慢條斯理走到前面，換錢，投幣，真的會覺得難道不能更有效率一點嗎。

「這樣才是對的吧。」也是，在台灣搭公車跟戰鬥一樣。

「是啦，不過你這樣回台灣會不習慣喔。」

「要重新習慣的事情太多了。」

下車的這站叫「葵橋西詰」，不過要到三角洲，從出町橋會更順。橋頭有一棵非常茂密的垂柳，隨風搖擺，像是通往秘境的標記；另一側有一面標記河川名的告示牌，大標寫著鴨川，下方又用括號寫出賀茂川。

「原來真的有兩個名字。」我想起了之前的那個話題。

「我是不是有跟你說過？鴨川和賀茂川在日文的念法一樣。」

「對，因為太荒謬了，所以到現在還記得。」

「學越多日文，會知道越多這種小眉角。」

「應該學不完吧。」所以我就一直不想踏進這個坑。

「學日文是一輩子的事啊。」

橋上的視野非常開闊，天空中飄過的雲漫射在平靜無波的水面，比下一座橋更遠的是圍繞著京都盆地的山脈；往下游方向有另一座大橋，車水馬龍，而三角洲就落在這兩座橋之間。橋面很窄，行人比行車多，周遭草木扶疏；河岸有些露出的碎石，穿插著低矮的草叢，幾乎沒有人造物的痕跡。

「你有聽說過，為什麼這邊叫『出町柳』嗎？」在橋上走到一半時，我開口問了他。

「沒想過耶。不過確實是個滿美的名字。」

「剛剛那座橋好像叫出町橋。」我是看Google Maps知道的。

「是喔，沒注意到。」

「會不會還有一座柳橋啊？」

「然後再把兩個名字組合在一起嗎？」

「之類的。」

「感覺滿有道理的，竟然就這樣變成一個新的地名了嗎？」

「地名這種東西，久了才會產生意義，然後真的成為那個地方的一部分。」

「那出町柳這個地名真的滿好的，感覺只有京都撐得起這個名字的氣息。」這是真的，如果出現在別的地方，就會讓人覺得有點矯情了。

過橋之後，右轉就是三角洲的入口了。步道兩側種了松樹，讓人想起這邊是溫帶的京都。風吹的聲音變得大聲，流水也就近在眼前，直到步道的終點，終於能看見左右兩側河道合而為一的交會點。

「我沒有來過這裡。」我之前都是在前面那座橋上看這邊。

「很不錯吧。」

「好開闊，好像整個京都都在眼前。」

「事實上也是吧，就是因為有鴨川，才能長出京都這座城市。」

「整個舒暢起來了。」

「對吼！你這次也是來療傷的。」經他這麼一說，我也才突然想起自己的這個狀態。

「好像忘得差不多了耶。」

「這麼快！」

「也不是忘記啦，就是覺得沒關係了，其實也沒那麼嚴重。」

「原本覺得很嚴重嗎？」

「剛開始時，就我上次回台灣之後，被提分手了嘛，當然就覺得很嚴重。」

「喔喔。」

「不過後來仔細想想，應該是原本想得太天真了。分開或許是件好事。」

「不會生氣嗎？」

「沒什麼好生氣的吧。如果真的要生氣，可能氣自己的成分還比較多。」

「會這樣喔？」

「或許真的不適合戀愛吧。」說完這句話，他好像不知道怎麼接下去，於是跨出步伐，走向可以下到水邊的階梯。

越往三角洲的端點走，風的聲音和力道越大。兩側水邊都有人以遵守著等間隔法則的型態坐成一排吹風納涼，端點倒是剛好空著。我們直接走到那，低著頭看流水淙淙刷過石頭，泛起粼粼亮光。

仔細一看，水深其實不深，明明位在城市卻能清澈見底，比野溪溫馴一點，又比大河令人親近，只能再次驚嘆京都一切都恰如其分的魔力。抬頭一看，在地平線和天空之間，視線幾乎沒有阻礙，就快要忘掉自己身處何方。

看夠河水和天空以後，還能看前方的大橋，橋上也有人注視著三角洲這邊，彼此張望。河道上有排成一列的石頭，有些好像是烏龜形狀，讓人可以直接橫渡水面回到兩側岸上。偶爾聽見的嘻笑聲，大概都是渡河的人們傳來的。

「要去跳烏龜嗎？」我們各自享受過這個時空後，他問道。

「那個是烏龜吼。」

「對啊，一定要去走走看。」

「不會掉到水裡吧？」

「你想的話我可以推你下去啊。」

「不好吧。」

「往出町柳的方向走嗎？」我同時指著那邊。

「你真的太熟這邊了。」

「很好認啊。」地圖多看就知道了。

「就先往那吧。」

石頭之間的距離其實不長，但因為會需要和對向的人交會，所以也沒有那麼好走。烏龜形狀的石頭比較大顆，還會稍微偏離中央，似乎是讓人拿來休息的，一坐下來，湍急的水流觸手可及。

「這樣很舒服耶。」注意到我停下來之後，他也回過頭來，到同一顆石頭坐下，對我說道。

「就像在水上一樣，好清爽。」

「如果人生也能這麼清爽就好了。」

「看來你這段時間也遇到了什麼事。」

「比你遇到的普通很多啦。八字都還沒一撇。」

「你終於願意跟我說了嗎？」

「不知道愛情是什麼。」他挑了一個周圍終於都安靜下來，只剩水聲的時候，吐出了這句話。

「所以你在問我嗎？」

「你可以說說看。」怎麼到頭來還是我在說……

「愛情喔……原本我也以為是很盛大的一件事，實際上當然也會讓人產生很大的改變。」

「所以是什麼？」

「雖然我根本也沒什麼經驗，但這次回顧下來，其實愛情也沒有什麼特別不特別的，就是剛好在對的時間，遇到一個跟你一樣也在對的時間的人而已。」

「這是繞口令吧。」

「白話來說大概就是命中注定吧，不過是兩邊同時注定。」

「這麼單純嗎？」

「在對的時間遇見了，然後發現彼此都需要對方，於是就一起跳進去。像肚子餓的時候在路上看到一間小吃店，就進去吃了，然後發現很好吃，於是把這家店收藏起來。愛情就是這樣的關係吧。」

「所以如果那個時候不餓的話……」

「就會錯過。所以才會說，愛情沒什麼了不起的。」

「結果還是只能用這種命定論來認識愛情嗎？」

「愛情就是這樣命定的吧。」

「好消極喔。」好像有點擊破他的想像。

「積極不來啊。」

「所以她曾經很喜歡你？後來又不喜歡你了，是嗎？」

「應該可以這樣說吧。我覺得我有感受到她的喜歡，那是真的。」

「那你的喜歡呢？是因為淡掉而讓她失落了嗎？」

「後來想想，或許我的問題比較嚴重。我並沒有表現出她期待的樣子。」

「這樣有點自私吧。」

「應該是說，我沒有辦法表現出那個樣子。」說出來了。

「什麼意思？」好像還是說不出口。

「舉例來說……我是舉例喔……上次遇到你之後，我這次又來找你……我對你的態度和對她有什麼不同嗎？我自己都搞不清楚了。」

「所以你對我……也……」這句話還沒說完，我已經停止思考了。

這我也不知道啊。

「與其說是喜歡你，不如說是有點不知道什麼是喜歡了。」

「所以你覺得對我和對她，應該要有所不同嗎？」

「覺得應該要吧，可是好像沒有。」

「喜歡就是喜歡吧。感受到了就是了。」

「原本我就是這樣想啊，愛情明明應該就是很單純的一件事，感受到的話就去做，結果實際做起來卻只令人充滿困惑。」

「真的有點困惑。不知道該怎麼辦……」結果他根本還是沒說他到底遇到什麼事嘛。

「看來最後我們誰也沒辦法解決對方的問題。」這算是一件憾事嗎？

「說不定只有一起跳進去看看，才能解決了。」

# 尾聲

「在對的時間遇見了，然後發現彼此都需要對方，於是就一起跳進去。像肚子餓的時候在路上看到一間小吃店，就進去吃了，然後發現很好吃，於是把這家店收藏起來。愛情就是這樣的關係吧。」

「終於看到海了！下一站就是雨晴了喔。」我們到北陸之後，我提議搭冰見線去看海。他對北陸這邊沒什麼研究，所以行程都是我主導。

「這離海也太近了吧。」經他一提，仔細一看，電車右側突然完全緊逼著海，沒有任何阻隔，好像起個大浪就能把我們拍進海裡。

「日本好像真的不太怕海浪，可能海灣真的很平靜吧。」

「不過鴨川也是啊，雖然有堤防，但感覺也不高，真的抵擋得住洪水嗎？」每次去京都走在堤上都會抱持懷疑。

「不過能那樣在河上走來走去，真的好平易近人。」雖然只是前一天的事，感覺又過了好久。

在這段幾分鐘的路途，連從海面露出的礁岩也能看得很清楚，其中最大的一顆上面還長了樹木，像是證明自己也是陸地的一部分。天氣很好，海灣兩岸都一路綿延到盡頭，著名的立山連峰雖然沒有積雪，但巍峨的山勢依然是讓這片海景更壯觀的要素。

火車進站後，只有我們兩個下車。是一間滿小的站房，沒有天橋，要到另一側得直接跨越軌道。可惜的是月台並沒有像剛剛一樣貼近海邊，中間還隔著房屋和樹林，只能看見片段的海。

至於那座建築物，與其說是車站，不如說是遊客中心，貼滿照片、海報和觀光資訊。原本查Google Maps還不太確定要怎麼到海邊，一看這邊的手繪地圖，就非常明瞭了。

「要先去義經岩這邊，還是海岸這邊？」最後，我們一起在看同一張地圖。車站的兩邊都有平交道可以到海岸，他看了看，先開口問道。

「先去近的這邊好了，看能不能一路沿著海岸走到義經岩。」從義經岩就能看到剛剛來時那顆最大的礁岩。

「好啊。」其實我也搞不清楚下車之後能去哪邊，只是想看海而已。

站旁立了兩張大圖，一張是晴朗的立山連峰積雪照，一張是日出照，完全展現了這片海灣最美的姿態。越過幾棟民宅後，右轉走進一條巷道，穿過平交道的盡頭就是海了。

海浪相當和緩，靜靜地滑上岸，再緩緩退去，沒有波濤洶湧的激情，也沒有蕩氣迴腸的浪聲。往右手邊看，雖然能看見遠方的連峰，但也因為雜物太多而無法令人流連。

「要不是你，我大概一輩子都不會來這種地方。」他這麼喃喃自語著。

「偶爾也要到這種不知所以的地方啊，而且對很多鐵道迷來說，這邊是必訪之地耶。」

「真是不懂你們。」

「我有時候也不懂我自己。」

我們沿著海堤向前進，來到步道的終點，再來就要沿著沙灘的邊緣走了，堤防上就是緊逼著海岸的鐵道。我沒有說什麼就直接踏進去，他也跟著過來。

「有種隨時會被海浪沖到的感覺。」他小心翼翼地走著，如此說道。

「這樣更有在海邊的氛圍啊。」

「真的，好像被沖濕也無所謂。」

「有需要的話，我也可以推你一把啊。」

「昨天已經有玩到水了，夠了。」後來，我們都把鞋子脫了，赤腳踩在鴨川沁涼的河水裡。非常清爽，能馬上讓人忘記溽暑的那種清爽。

走著走著，有時候是踩在石頭上前進，來到下一片比較大片的沙灘時，終於能看清楚岸上的義經岩。岩石上的植物非常茂密，不過跟隔海長著樹的那顆礁岩相較，顯得有些雜亂。那一顆礁岩孤拔挺立，從海上竄出，直破遠方的山勢再伸入雲霄，把天、地、海融為一體。

「這裡很值得來。」我篤定地看著眼前的風景說著。

「真的，完全令人忘掉塵囂。」

「很適合跟喜歡的人來。」

「有什麼地方不適合跟喜歡的人去嗎？」

「沒有。」

「如果有機會的話，還會想再帶喜歡的人來嗎？」我好像沒有辦法馬上回答這個問題。

平交道的警鈴突然響起，我們一起往那個方向看，才發現海堤上就是另一座平交道，也是只能讓行人通行的平交道。電車從剛剛海邊的方向不疾不徐地駛來，通過平交道時發出的轟隆聲令人心頭一震，然後馬上復歸寧靜。

「應該也不會再帶別人來了。」最後，還是決定這樣回答。

「為什麼？」

「因為有關這個地方的記憶，已經沒有辦法再容得下別人了。」

後來，他就沒有再回應了，自顧自地拿出手機拍起海景，我也就跟著做。依照地圖的建議，回程可以穿過平交道，沿著馬路走回車站。平交道口有一座小神社，其實只是替義經岩蓋一座鳥居，就變成一座神社了。

「接下來要去哪啊？」走在路上的時候，他先開口問了這個問題。

「就去金澤了吧，住宿是訂那啊。」

「金澤好像很多好吃的。」

「是物產豐富的大城市吧，有山有海。」

「有山有海的地方是好地方，京都如果有海就更好了。」原來就算是京都居民也會有這種感覺。

「你可以去天橋立啊，那邊不錯喔。」頓時想起那時飄著雪的海灣。

「之後應該會去，畢竟離京都算很近。」

人行道在彎進比較小條的岔路後就中斷了，鐵道緊鄰著馬路護欄，然後就是海岸。海浪和海風就在耳邊，如果能有一列擦身而過的電車就完美了，可惜這條線的班次沒那麼多。

走進車站之後，對了一下時刻表，大概要等二十分鐘才有回程的車。我們各自在車站裡面晃，慢慢端詳牆壁上貼的種種宣傳和資訊；基本上都是美圖，很多就是這邊的海岸風景，不太懂日文也可以看得津津有味。

有一張青春18周遊券的海報，剛好是以雨晴站為素材，從比較高的角度把月台和海岸一起拍進去。青春18的海報上都會有一段想要勾起觀眾旅行欲的字句，這次這句我真的完全看不懂，只能請他幫忙了。

「欸！你過來一下。」站房裡只有我們兩個，所以我就不客氣地出聲叫他。

「怎麼了？」他回我的同時，邊走向我。

「這張海報上面的標語，看不太懂。」我指了指那句話。

「喔喔，我來看看。」

「這是青春18的海報，就是一種寒暑假發行，只能搭慢車的周遊券。」他在看的時候，我補充說明道。

私の気持ちまで、カラッと晴れさせてくれた雨晴駅です。

「沒有很懂耶，我想一下。」他唸過一次之後，如此說道。

「那個カラッ〔kara〕是狀聲詞嗎？」

「應該是……啊！如果是那個意思的話，就說得通了。」

「所以是什麼意思？」

「就是豁然開朗的意思吧，啪──的一聲的那種感覺。」

「滿貼切的。」

「這樣的話，這句話的意思就是……」

就連我的心情，也能啪的一聲放晴的雨晴站。

他說完之後，把頭轉向我。我不知道該說什麼，也就看著他，然後再把注意力轉移到海報上。

「真巧，應該滿符合你的心情的吧。」

釀文學262　PG2660

# 出町柳


| | |
|---|---|
| 作　　者 | 小村聿 |
| 繪　　者 | 謝明倫 |
| 責任編輯 | 孟人玉 |
| 圖文排版 | 陳彥妏 |
| 封面設計 | 王嵩賀 |

| | |
|---|---|
| 出版策劃 | 釀出版 |
| 製作發行 | 秀威資訊科技股份有限公司<br>114 台北市內湖區瑞光路76巷65號1樓<br>電話：+886-2-2796-3638　傳真：+886-2-2796-1377<br>服務信箱：service@showwe.com.tw<br>http://www.showwe.com.tw |
| 郵政劃撥 | 19563868　戶名：秀威資訊科技股份有限公司 |
| 展售門市 | 國家書店【松江門市】<br>104 台北市中山區松江路209號1樓<br>電話：+886-2-2518-0207　傳真：+886-2-2518-0778 |
| 網路訂購 | 秀威網路書店：https://store.showwe.tw<br>國家網路書店：https://www.govbooks.com.tw |
| 法律顧問 | 毛國樑　律師 |
| 總 經 銷 | 聯合發行股份有限公司<br>231新北市新店區寶橋路235巷6弄6號4F<br>電話：+886-2-2917-8022　傳真：+886-2-2915-6275 |

| | |
|---|---|
| 出版日期 | 2021年12月　BOD一版 |
| 定　　價 | 380元 |




讀者回函卡

**Printed in Taiwan**

國家圖書館出版品預行編目

出町柳/小村聿著. -- 一版. -- 臺北市：
釀出版, 2021.12
面；　公分. -- (釀文學；262)
BOD版
ISBN 978-986-445-567-6(平裝)

863.55　　　　　　110018971